Tania Blixen

Schatten wandern übers Gras

Tania Blixen

Schatten wandern übers Gras

Aus dem Englischen übertragen
von W. E. Süskind

Deutsche Verlags-Anstalt
Stuttgart

Die englische Ausgabe, nach der übersetzt wurde,
erschien unter dem Titel »Shadows on the Grass«
bei Michael Joseph, London 1960,
unter dem Pseudonym Isak Dinesen.

CIP-Kurztitelaufnahme der Deutschen Bibliothek

Blixen, Tania:
Schatten wandern übers Gras / Tania Blixen.
Aus d. Engl. übertr. von W. E. Süskind. – 2. Aufl. –
Stuttgart: Deutsche Verlags-Anstalt, 1986.
Dän. Orig.-Ausg. u. d. T.:
Blixen, Tania: Skygger på græsset. –
Engl. Orig.-Ausg. u. d. T.:
Blixen, Tania: Shadows on the grass
ISBN 3-421-06319-2

1. Auflage August 1986
2. Auflage Oktober 1986

Lektorat: Ursula Locke-Groß
Typographische Gestaltung: Marion Winter
Gesamtherstellung: Clausen & Bosse, Leck
Printed in Germany

Farah

Indem ich hier noch einmal, nach fünfundzwanzig Jahren, Episoden aus meinem Leben in Afrika wachrufe, steht eine ganz bestimmte Gestalt – aufrecht und aufrichtig, und prächtig anzuschauen – gleichsam als Türhüter vorne an: mein Somali-Diener Farah Aden. Wollte ein Leser nun einwenden, daß ich mir doch wohl einen bedeutenderen Charakter vornehmen könnte, so müßte ich ihm antworten, daß das einfach nicht möglich ist.

Farah nahm mich bei meiner Ankunft in Aden in Empfang, im Jahre 1913, vor dem Ersten Weltkrieg. Beinahe achtzehn Jahre lang war er mir verantwortlich für Haus, Ställe und Jagdexpeditionen. Ich sprach mit ihm von meinen Sorgen wie von meinem Glück, und was ich tat und dachte, war ihm bekannt. Als ich dann die Farm hatte aufgeben müssen und von Afrika Abschied nahm, hat wieder Farah mich bis nach Mombasa begleitet. Und wie ich da seine dunkle, unbewegliche Gestalt am Kai kleiner werden und schließlich verschwinden sah, war mir zumute, als verlöre ich ein Stück von mir selbst, als ließe ich mir die rechte Hand abschlagen und würde von nun an nie wieder ein Pferd reiten oder mit dem Gewehr schießen, auch nie wieder anders schreiben können als mit der linken Hand. Geritten oder geschossen habe ich auch nie wieder, seitdem.

Um eine Einheit zu bilden und zustandezubringen, und nun gar eine schöpferische Einheit, müssen die individuellen Komponenten unbedingt von verschiedener Natur sein, in gewisser Hinsicht sogar miteinander kontrastieren. Zwei gleichartige Einheiten werden nie imstande sein, ein Ganzes zu bilden; oder bestenfalls bleibt ihr Ganzes unfruchtbar. Mann und Frau werden eins, werden eine im Körperlichen und Geistigen schöpferische Einheit vermöge ihrer Ungleichartigkeit. Ein Haken und eine Öse sind eine Einheit: ein Verschluß; mit zwei Haken aber kann man nichts anfangen. Ein rechter Handschuh mit seinem Gegenstück, dem linken Handschuh, macht ein Ganzes aus, ein Paar Handschuhe; zwei rechte Handschuhe dagegen wirft man weg. Eine Anzahl völlig gleichartiger Gegenstände machen kein Ganzes aus – ein ›paar‹ Zigaretten, das können drei oder auch neun sein. Ein Quartett ist eine Einheit, weil es sich aus ungleichartigen Instrumenten zusammensetzt. Ein Orchester ist eine Einheit und kann als solche vollendet sein – aber zwanzig Kontrabässe, die dieselbe Melodie herunterspielen, sind chaotisch.

Ein Gemeinwesen mit nur einem Geschlecht wäre eine blinde Welt. Als ich 1940 in Berlin war, mit dem Auftrag, für drei skandinavische Blätter über Nazi-Deutschland zu schreiben, war die Frau – und die ganze Welt des Weiblichen – so durchaus zum Verstummen gebracht, daß ich mich genau so gut in einem eingeschlechtlichen Gemeinwesen hätte befinden können. Ich empfand es förmlich als Erleichterung, als ich die jungen Soldaten nach Westen marschieren sah, an die Front, denn im Kampf werden die Gegner eins und die beiden Duellanten bilden eine Einheit.

Das Erlebnis, daß in Afrika eine andere, mir wesensverschiedene Rasse in mein Leben eintrat, bedeutete für mich eine geheimnisvolle Ausweitung meiner Welt. Zu meiner

Stimme, meinem Lebenslied fand sich eine entsprechende Gegenstimme, und beide wurden bei diesem Zwiegesang voller und reicher.

In den verschiedenen Literaturepochen tritt eine bestimmte, aus wesensmäßig unterschiedlichen Bestandteilen gefügte Einheit in Erscheinung, verschwindet und kehrt wieder: die Einheit aus Herr und Diener. In gereimter Sprache, in Blankvers und Prosa sind uns die beiden vorgeführt, und im wandelbaren Kostüm der Jahrhunderte. Da wandert der Prophet Elisa mit seinem Diener Gehasi – deren Partnerschaft man nach der Geschichte mit dem Feldhauptmann Naeman für beendet halten möchte, die wir aber in einem späteren Kapitel anscheinend im besten Einvernehmen wieder antreffen. Da schreiten Seite an Seite Davus und Simo bei Terenz, Calidorus und Pseupolus bei Plautus. Da reitet Don Quijote fürbaß, und Sancho Pansa auf seinem Maultier hält sich neben Rosinantes Kruppe. Da folgt dem König Lear der Narr bei Sturm und nächtlichem Dunkel über die Heide, und es harrt Leporello auf der Straße aus, während drinnen im Palazzo Don Giovanni »erntet den süßen Lohn«. Phileas Fogg stolziert auf die Bühne, einen einzigen Gedanken im Kopf und Passepartout, den Wendigen, auf seinen Fersen. Bei uns daheim auf den Straßen von Alt-Kopenhagen aber promenieren Jeronimus und Magdelone Arm in Arm, während hinter ihren breiten, würdesteifen Rücken Henrik und Pernille einander Zeichen geben.

Der Diener mag von dem Paar die gewinnendere Person sein; doch gilt von ihm ebenso wie vom Herrn, daß sein Farbenspiel verblassen und seine Eigentümlichkeit zunichte werden würde, wenn er allein stünde. Er braucht einen Herrn, um er selbst zu sein. Auch nachdem er das schauerliche Ende seines nichtsnutzigen Gebieters miterlebt hat, wird Leporello, glaube ich, von Zeit zu Zeit im

Freundeskreis sein Register von Don Giovannis Opfern hervorgezogen und triumphierend vorgelesen haben: »Aber in Spanien tausendunddrei!« Der Narr, den die endlose Nacht im Hochmoor umbringt, wäre nicht unsterblich geworden ohne den geistesschwachen alten König, zu dessen Löwengebrüll er seinen gramvollen, bitteren und zärtlichen Spott hinzufügt. Henrik und Pernille, hätte Holberg sie in ihrem angestammten Milieu der Kopenhagener Lakaien und Kammerzofen gelassen, würden niemals so geblitzt und gefunkelt haben, wie sie's vor dem gegebenen Hintergrund tun: der Wohlgesetztheit von Jeronimus und Magdelone, der blassen Romanze von Leander und Leonore.

Ich habe in Afrika viele Diener gehabt, die in meiner Erinnerung stets ein Stück von meinem Leben dort bleiben werden. Da war Ismael, mein Büchsenträger: ein gewaltiger Nimrod, aufgewachsen und erzogen ausschließlich in einer Welt der Jagd, ein großer Spurenleser und Wetterprophet, der sich in Waidmannssprache ausdrückte und beispielsweise von meiner »alten« und meiner »jungen« Büchse sprach. Ismael war es, der nach seiner Rückkehr ins Somaliland seinen mir zugedachten Brief an die »Löwin Blixen« adressierte und mit der Anrede »Ehrengeachtete Löwin« begann. Dann gab es den alten Ismael, meinen Koch und getreuen Begleiter auf Jagdpartien, der eine Art mohammedanischer Heiliger war. Und es gab Kamante, klein geraten an Gestalt, aber groß und förmlich furchteinflößend in seiner völligen Vereinzelung. Farah aber war mein Diener von Gottes Gnaden.

Farah und ich hatten alle die Ungleichartigkeiten, deren es bedarf, damit eine Einheit entsteht: den Unterschied der Rasse, des Geschlechts, der Religion, der Herkunft, der allgemeinen Lebenserfahrung. Nur in einem Ding waren wir gleich: wir waren übereingekommen, daß wir gleichaltrig seien. Mit letzter Genauigkeit haben wir die Sache nie klären können: die Mohammedaner rechnen ja nach Mondjahren.

Denken wir uns, wir wanderten durch eine ausgedehnte, historisch interessante Porträtgalerie: mit Bildnissen von Königen und Fürsten, großen Staatsmännern, Dichtern und Seefahrern. Unter all den vielen prägt sich uns ein Gesicht ein, ein Unbekannter, in sich selbst vertieft, sicher in der eigenen Natur ruhend, von niemand abhängig. Der Katalog, den du mit einem Blick zu Rate ziehst, sagt nur: »Bildnis eines Herrn«. Ich werde mein Kapitel über Farah ganz anspruchslos nennen: »Bildnis eines Herrn«.

In unseren Tagen wird das Wort »Herr« nicht mehr so ernst genommen wie früher, oder es kommt uns so vor, als habe es sich früher selbst etwas zu ernst genommen. Genau dies aber – sich selbst ernst nehmen – tat Farah.

Wenn das Wort »Herr« eine Person beschreiben oder bezeichnen soll, die den Ehrenkodex ihrer Zeit und ihrer Umwelt als einen Instinkt im Blute trägt – so, wie der wahre Kricket- oder Fußballspieler die Regeln des Spiels im Blut haben wird, daß es ihm unter keinen Umständen passieren kann, dem Gegner den Ball an den Kopf zu werfen –, dann war Farah der größte Herr, dem ich je begegnet bin. Nur war es, um dies gleich zu sagen, zu entscheiden schwierig, was man bei einem hochwohlgeborenen Mohammedaner im Haus eines europäischen Siedlerpioniers als Ehrenkodex ansehen sollte.

Farah war ein Somali, was heißen will, daß er nicht aus Kenia stammte, sondern aus dem weiter nördlich gelegenen Somaliland eingewandert war. Zu meiner Zeit gab es in Kenia Somali in großer Zahl. Sie waren der einheimischen Bevölkerung an Intelligenz und Kultur weit überlegen. Sie hatten arabisches Blut und betrachteten sich selbst als reinblütige Araber, in manchen Fällen sogar als Abkömmlinge des Propheten. Alles in allem hatten sie eine sehr hohe Meinung von sich. Ihrem Glauben nach waren sie fanatische Mohammedaner.

Die Eingeborenen des Landes, die Kikuju, Wakamba, Kawirondo und Masai, besitzen durchaus ebenfalls ihre eigenen alten, geheimnisvollen und einfachen Kulturüberlieferungen, die sich für unseren Blick im Dunkel längstvergangener Zeiten verlieren. Wir aber haben zwar erst in jüngster Zeit europäisches Licht in das Land getragen; doch haben uns unsere Mittel erlaubt, es rasch auszubreiten und zu einer Einrichtung werden zu lassen. Dazwischen faßte im Hochland eine orientalische Zivilisation – gewalttätig, grausam und höchst malerisch – durch Sklaven- und Elfenbeinhandel Fuß.

Das schönste Elfenbein der Welt kommt aus Ostafrika, und auch der alte Sklavenhandel, lang vor der Entdeckung Amerikas, hatte seine Handelsstraßen entlang jenen Küsten. Von hier aus wurden Sklaven ostwärts nach Arabien, Persien, Indien und China verladen, auch nordwärts nach der Levante, man sieht ja auf alten venezianischen Gemälden oft kleine schwarze Negerlein als Pagen abgebildet. Von hier kamen auch die vierzig schwarzen Sklaven, die zusammen mit vierzig weißen dem Sultan auf ihren Köpfen Aladdins Schätze zutrugen. Sansibar war das große Handelszentrum. Der Sultan von Sansibar erhielt – so erfuhr ich, als ich im Jahre 1916 dort war – immer noch eine jährliche Zahlung von fünftausend Pfund zum Ausgleich für das ihm früher aus dem Sklavenhandel zugeflossene Einkommen. In Sansibar habe ich auch den Marktplatz und das Holzgerüst gesehen, wo die Sklaven zum Verkauf angeboten wurden.

Der alte Handelsverkehr hat seine Spuren in der Sprache des Landes hinterlassen. Jeder Stamm in Ostafrika hat seine eigene Sprache, doch wird daneben überall im Hochland eine primitive, grammatisch nicht ausgebildete lingua franca gesprochen: das Suaheli, die Mundart der Küstenstämme. Selbst Kinder, die auf der Hochebene Ziegen und Schafe hüteten, verstanden und beantworteten zumeist unsere auf Suaheli an sie gerichteten Fragen nach Weg, Wasser oder Wild. Auf der Farm sprach ich Suaheli mit meinen eingeborenen Dienern und Landarbeitern. Da der Hof aber im Kikuju-Distrikt lag, enthielt unsere örtliche Mundart als Eigentümlichkeit zahlreiche Wörter und Redewendungen aus der Kikuju-Sprache.

Der Handel brachte auch die Somali ins Land. Höchstwahrscheinlich waren Farahs Vorfahren unternehmungslustige Aufkäufer gewesen, vermutlich auch Jäger und Räuber im Hochland und möglicherweise Piraten im Roten Meer.

Die Somali sind sehr schöne Menschen, schlank und aufrecht gewachsen wie alle ostafrikanischen Stämme, mit düsteren, hochmütigen Augen, geraden Beinen und mit Zähnen wie Wölfe. Sie sind eitel und legen Wert auf schöne Kleidung. Wenn sie nicht als Europäer angezogen waren – denn viele trugen abgelegte Anzüge ihrer Herren von den ersten Londoner Schneidern und sahen vorzüglich darin aus –, hüllten sie sich in lange rohseidene Gewänder, mit ärmellosen schwarzen Westen, die kunstvoll mit Goldstickerei versehen waren. Stets trugen sie den Turban des rechtgläubigen Mohammedaners aus erstklassiger Kaschmirwolle in mannigfachen Farben, und die unter ihnen, die die Pilgerfahrt nach Mekka gemacht hatten, leisteten sich wohl auch einen grünen Turban.

Die dunklen Völker Afrikas, die alle im Kindesalter so erstaunlich frühreif sind, schienen in ihrem geistigen Wachstum auf einer ganz verschiedenen Altersstufe stehenzubleiben. Die Kikuju, Kawirondo und Wakamba, die

Leute also, die auf der Farm für mich arbeiteten, waren im frühen Kindesalter weißen Kindern desselben Alters weit voraus, aber dann hörte es ganz unvermittelt auf, auf einer Stufe, die derjenigen eines Europäerkinds von neun Jahren entsprach. Die Somali waren weitergelangt und besaßen die volle geistige Entwicklung eines jungen Mannes unserer Rasse zwischen dreizehn und siebzehn. Auch bei den jungen Europäern wirkt da der Ehrenkodex, die tödliche Hingabe an das klingende Wort und die großartige Gebärde als leidenschaftlicher Antrieb zu heroischer Tat und Selbstaufopferung und versenkt sie mitunter in einen dunklen Weltschmerz und eine Empfindlichkeit, die für Erwachsene unverständlich sind. Die Somalifrau hatte in diesem Punkt den Männern offenbar etwas den Rang abgelaufen. Vom Augenblick an, da sie das Laufen gelernt hat, bis ins ehrwürdige Greisenalter bietet sie den Anblick der klassischen europäischen »jeune fille«: kokett, verschlagen, begehrlich über alle Maßen, und im Innersten wunderbar nachsichtig und barmherzig.

Ich hatte als Kind die alten nordischen Sagen gelesen, und nun bei meinem Umgang mit den Somali frappierte mich ihre Ähnlichkeit mit den alten Isländern. Ich war deshalb entzückt, als ich bei Professor Östrup, der für beide Völker als Autorität gelten kann, einen gemeinsamen Ausdruck zur Charakterisierung von Arabern und Isländern fand: er nennt sie »Posiermenschen«. Der gleiche gierige Ehrgeiz, sich vor allen anderen auszuzeichnen und sich um jeden Preis durch ein Wort oder eine Geste unsterblich zu machen, liegt tief in den Herzen der Wüstensöhne wie ehedem in den Herzen der ungezähmten, von der Salzflut gegerbten jungen Seefahrer der nördlichen Meere.

In der afrikanischen Ebene hat sich mir das Bild Ejnar Tambeskälves wieder vor Augen gestellt: des unübertroffenen jungen Bogenschützen und Freundes von König Olav Trygveson, der mit seinem Herrn in der Seeschlacht von Svolder im Jahre 1000 kämpfte. Als Ejnars Bogensehne mit einem lauten Knall zerbarst und der König durch den Schlachtlärm rief: »Was ist so laut da zersprungen?«, da gab er keuchend zur Antwort: »Das Königreich Norwegen aus deiner Hand, König Olav!« Der wildäugige Kriegerknabe, hochaufgerichtet im Heck des Schiffs, mag da mit Genugtuung gespürt haben, daß vollbracht sei, was vollbracht werden sollte. Wir aber, die wir heute von ihm lesen, mögen ihm recht darin geben, alldieweil nur ganz wenige heute noch wissen werden, wer die Schlacht von Svolder gewann und verlor und was daraus hervorging; Ejnar Tambeskälves »grand mot« aber ist tausend Jahre lang bewahrt geblieben.

Bei allen meinen Geschäften mit Farah und seinem Stamm habe ich immer gespürt: was immer mir auch von ihren Händen widerfahren könnte, so würde mir doch das eine nie widerfahren, daß sie Mitleid mit mir zeigten, so wenig wie zu Hause, wenn ich mit einem jungen Burschen zu tun hätte.

Für meine Person habe ich immer eine Neigung zu solchen halbwüchsigen jungen Männern gehabt und habe mir manchmal überlegt, daß das starke Geschlecht doch eigentlich den Höhepunkt seiner erotischen Anziehungskraft im Alter zwischen zwölf und siebzehn erreicht – um ihn, in einer zweiten Blüte, zwischen siebzig und neunzig zurückzugewinnen. So waren die Somali vom ersten Tage an für mich unwiderstehlich. Bei den späteren europäischen Siedlern freilich waren sie nicht beliebt.

Ich selbst bin vor dem Ersten Weltkrieg ins Protektorat Britisch-Ostafrika gekommen, als die Gebiete des Hochlands wahrhaftig noch Jagdgründe der Seligen waren und die weißen Siedler mit den Kindern des Landes in argloser

Eintracht zusammenlebten. Die meisten damaligen Einwanderer waren nach Afrika gekommen und dort geblieben, weil ihnen das afrikanische Leben besser zusagte als ihr Leben daheim, weil sie lieber reiten als Auto fahren wollten und sich lieber ihr eigenes Lagerfeuer herrichteten, statt die Zentralheizung anzudrehen. Wie ich wollten sie ihre Knochen in afrikanische Erde legen. Sie waren fast alle auf dem Lande aufgewachsen und an ein Leben im Freien gewöhnt; vielfach waren sie jüngere Söhne aus alten englischen Familien, frühzeitig von älteren, in der Tradition stehenden Jagdhütern und Stalleuten in Zucht genommen und an den Umgang mit stolzen Dienstboten gewöhnt. Selber ungezähmt, mit frischen Herzen, vermochten sie ein Verhältnis der Kameradschaft von der Art des Wildtöters und Chingachgooks mit dem gleichfalls ungezähmten dunkelhäutigen Nomaden und Jäger herzustellen. Sie akzeptierten die Somali und vertrauten ihnen, und diese vergalten ihnen Gleiches mit Gleichem.

Während des Krieges und die ersten Jahre danach landeten keine neuen Ansiedler. In den folgenden Jahren aber wurde in England eine intensive Werbung für die Kolonie Kenia als ein Land mit einzigartigen wirtschaftlichen Möglichkeiten begonnen, und das Schlagwort hieß »Dichtere Besiedelung«. Das brachte eine neue Kategorie von Siedlern ins Land, Leute, die bei ihrem Aufwachsen in England über den Umkreis einer Stadt oder einer Gemeinde nicht hinausgelangt waren und sich neben den afrikanischen Eingeborenen seltsam provinziell ausnahmen, da diese ja jederzeit auch mit dem Unerwarteten und Unvorhergesehenen rechneten. Zudem wurden britischen Soldaten aus dem Unteroffiziersstand Grundstücke als Dienstentschädigung zugeteilt; das waren meistens Städter, die in der Einsamkeit der weiten Landschaft das

Gefühl hatten, man habe ihnen mehr versprochen als gegeben.

Für mich waren das trostlose Zukunftsaussichten. Unter dem Gesichtspunkt der Auswanderung, überlegte ich mir, konnte das hochgelegene Kenia mit einem Klima, das den Weißen die Verrichtung körperlicher Arbeit unmöglich macht, und mit einer ohnehin starken einheimischen Bevölkerung niemals ein aussichtsreiches Gebiet sein. Als ich zuerst ins Land kam, lebten ungefähr fünftausend Weiße dort. Das Gebiet vermag etwa die zehnfache Anzahl aufzunehmen. Demgegenüber hieß es, Australien, Neuseeland und Kanada könnten zur selben Zeit bis zu fünfzig oder hundert Millionen aufnehmen. Vom Standpunkt des Landes selber, dieser »wahren Heimat meines Herzens«, war eine dichtere weiße Besiedelung ein fragwürdiger Vorteil; der Qualität, nicht der Menge der weißen Siedler, hätten wir unsere Sorge zuwenden sollen. Ich muß lachen, und eigentlich müßte ich erröten, wenn ich mich erinnere, daß ich damals einem sehr hohen politischen Tier in England einen Brief geschrieben und meine Gesichtspunkte auseinandergesetzt habe. Es erfüllt mich jetzt noch mit Rührung, daß der Mann meinen Brief tatsächlich beantwortet hat, in einem höflichen, wenn auch unverbindlichen Schreiben.

Auf die spät ins Land gekommenen Neusiedler machten die Somali, diese frühesten Einwanderer, einen hochmütigen und unverträglichen Eindruck, und sie waren ihnen gegenüber wohl auch alles in allem ebenso unausstehlich, wie sie sich mir und meinen Freunden als unentbehrlich erwiesen. So konnte man geradezu unsere Clique von Frühsiedlern – die wir uns anmaßenderweise als Mayflower-Leute betrachteten – als die Sorte von Europäern charakterisieren, die sich Somali-Dienerschaft hielten und denen ein Haus ohne einen Somali vorgekommen wäre wie ein Haus ohne Licht. Da gab es Lord Delamere mit seinem Hassan, Berkeley Cole mit seinem Jama, Denys Finch-Hatton mit seinem Bilea, und schließlich mich mit Farah. Wir waren die Leute, denen, wohin sie auch gingen, in einer Entfernung von fünf Fuß ein adliger, wachsamer, geheimnisvoller Schatten folgte.

Berkeley Cole und ich unterschieden in einer Privatsprache, die wir miteinander pflegten, zwischen *respectability* und *decency,* zwischen Ehrbarkeit und Anstand, und teilten unsere Bekannten, Menschen und Tiere, dementsprechend ein. Wir bezeichneten Haustiere als ehrbar und wilde Tiere als anständig und hielten dafür, daß sich bei jenen Existenz und öffentliches Ansehen aus ihrem Verhältnis zur Gemeinschaft bestimmten, wohingegen das wilde Tier in unmittelbarer Beziehung zu Gott stand. Schweine und Stallgeflügel, sagten wir, verdienten unsere Achtung, insoweit sie getreulich heimzahlten, was man in sie investierte, und sich auch in ihrem intimsten Privatleben erwartungsgemäß verhielten. Wir beobachteten sie in ihren Koben und Pferchen, wie sie hingebungsvoll daran arbeiteten, das in ihnen angelegte Kapital zu verzinsen, wie sie genüßlich fraßen, grunzten und schnatterten – und überließen sie dieser ihrer gemütlichen häuslichen Atmosphäre, um unseren Blick dem ganz und gar nicht ehrbaren, zur Zerstörung neigenden Wildeber und seinen einsamen Wanderfahrten zuzuwenden oder auch den höchst wenig ehrbaren, schamlosen Maisdieben, den Wildgänsen und Wildenten, und ihrem sinnreichen Flugkurs am Himmel, und wir hatten dabei das Gefühl, daß diese Linie von Gottes Finger selber vorgezeichnet war.

Uns selbst reihten wir unter die Wildtiere ein, wobei wir betrübt bekennen mußten, wie unzulänglich es bei uns mit den Rückzahlungen an die Gemeinschaft – und an die Hypothekengläubiger gar! – bestellt war, immer aber mit der

Erkenntnis, daß wir unmöglich, auch dann nicht wenn es uns die höchste Anerkennung der Umwelt eingetragen hätte, die direkte Berührung mit Gott aufgeben konnten, die wir mit Flußpferd und Flamingo teilten. Neuntausend Fuß hoch fühlten wir uns sicher und lachten über den Ehrgeiz der Neuangekommenen, der Missionen, der Geschäftsleute und auch der Regierung, den Erdteil Afrika ehrbar zu machen. Es kam jedoch eine Zeit, da wir allmählich ungehalten zu werden begannen. Die protestantischen Missionsstationen wandten viel Zeit, Energie und Geld an das Vorhaben, die Eingeborenen an das Tragen von Hosen zu gewöhnen – in denen sie aussahen wie Giraffen im Harnisch. Die französischen Missionspriester verstanden sich besser mit den Kindern des Landes; aber auch sie hatten nicht – wie es eigentlich hätte sein sollen – den heiligen Franz von Assisi auf ihrer Station, sondern waren selbst nur schwache Seelen und hatten zu Hause eine schwere gemischte Kulturlast aufgepackt bekommen, die sie nicht abzuwerfen wagten. Die Geschäftsleute, nach dem Motto: »Und lehret die Eingeborenen, was Bedarf heißt«, schärften den Afrikanern ein, sich nach dem Maßstab des Besitzes einzuschätzen und im Lebensstandard auf ehrbare Weise nach dem Nachbarn zu richten. Die Regierung schließlich, indem sie die weiten wilden Steppen in Großwildreservate verwandelte, legte es mit Erfolg darauf an, auch noch den Löwen das Gehaben freundlicher Familienväter aufzunötigen – eine Zeit würde kommen, da unsere alten Freunde vom Löwengeschlecht ihre regelmäßigen Mahlzeiten aus den Kantinen der Hauptabteilung Wildtierbetreuung geliefert bekämen. Zweifelhaft war, ob ohne die Löwen die Pflanzenfresser ihre Unschuld aus der Zeit vor dem Sündenfall bewahren würden: ob dann die Kongoni immer noch ihren einsamen Wächter als scharfumrissene Silhouette auf einer Hügelkuppe aufstellten, ob die Elanantilope ihr beim Davontraben seidig schwappendes Wammenfell und ihr feuchtglänzendes Auge behielte und das Impala seinen federnden Sprung. Sollte es denn auch in Afrika kein Lebewesen mehr geben, das unmittelbar mit Gott in Berührung stand?

Doch, es wird eines geben, tröstete ich mich, solange ich meinen Farah bei mir habe. Denn Farah, mochte er auch noch so nachdrücklich den höchst ehrbaren Haushofmeister, den Malvolio geradezu, hervorkehren, war ein wildes Tier, und nichts auf der Welt würde je zwischen ihm und Gott stehen. Bei all seiner unwandelbaren Ergebenheit war er im Herzen immer noch ein wildes Tier, ein Jagdleopard, der mir in fünf Fuß Entfernung lautlos folgte, ein Falke, mit starken Fängen an meinen Finger festgekrallt, nach rechts und links ausspähend. Die Gaben, mit denen er mir diente, waren von Leoparden- und von Falkenart.

Als Farah den Dienst in meinem Hause aufnahm – aber ich muß sagen, als er mein Haus in Besitz nahm, denn von jenem Tag an sprach er von »unserem« Haus, »unseren« Pferden, »unseren« Gästen –, da wurde zwischen ihm und mir kein gewöhnlicher Kontrakt aufgesetzt, sondern es schloß sich ein Bund ad majorem domus gloriam, zur höheren Ehre des Hauses. Auf mein Wohlergehen kam es ihm dabei nicht an, es spielte für ihn wohl kaum eine Rolle, aber für meinen guten Namen und mein Ansehen fühlte er sich, glaube ich, tatsächlich vor Gott verantwortlich.

Farah war in meinem Haus eine höchst malerische Gestalt, wenn er sich auf der Schwelle aufpflanzte. In seinen Beziehungen zu meiner einheimischen Dienerschaft war er von unbestechlicher Gerechtigkeit und Unparteilichkeit und zeigte sich mit ihnen und ihrem Gedankengang so tief vertraut, wie ich es mir kaum erklären konnte, denn ich sah ihn kaum je mit ihnen sprechen. Farah sprach ein korrektes Englisch, ebenso auch Französisch, denn er war in seinen jungen Jahren Bordsteward auf einem französischen Kriegsschiff gewesen. Er hatte aber ein paar Besonderheiten des sprachlichen Ausdrucks, die ich hätte korrigieren müssen, die ich aber statt dessen bei unseren Unterhaltungen schließlich selber übernahm. Er sagte »exactly« statt »except«, also »ausgerechnet« statt »ausgenommen«, etwa: »Alle Kühe sind herin, ausgerechnet die Graue«, und ich ertappe mich immer noch manchmal dabei, daß ich das Wort in diesem Sinn verwende.

Farah hatte die typische Somalistimme, die sich unter allen Stimmen der Welt heraushören läßt: tief und kehlig, und mit einem eigenartigen Doppelklang, denn sie war freundlich, eignete sich aber vortrefflich zum Ausdruck einer bestimmten Verachtung oder spöttischen Geringschätzung. Wie die meisten Somali hat mich Farah mitunter geärgert, weil in seinem geistigen Wesensbild so wenig – ich finde kein anderes Wort – »Gemütlichkeit« enthalten war. Ich erklärte es mir mit der Abstinenz von Wein und scharfen Getränken, die die Stämme tausend Jahre hindurch geübt hatten, und überlegte mir, daß der Anblick eines alten, stockbetrunkenen Onkels ein gesundes Heilmittel für die wüstenartige Trockenheit in so einem Somaligemüt gewesen wäre.

Er erzählte mir einmal, er könne die Juden nicht leiden, denn sie äßen »antruss«, und ich zerbrach mir eine Zeitlang den Kopf, welche Speise bei den Juden ihm so zuwider sein könnte, da das für den Mohammedaner verbotene Schweinefleisch auch den Kindern Israels untersagt ist. Schließlich kam ich dahinter, daß der Grund seiner Empörung in der jüdischen Gepflogenheit zu suchen war, beim Geldausleihen Zinsen, also »interest«, zu berechnen oder gleichsam zu essen – ein Verfahren, das den Mohammedanern verboten ist und das sie verachten. Farah hatte die seltsame Somali-Angewohnheit, die Konsonanten und Vokale eines Worts zu vertauschen, er sagte etwa: »Faball« für »Abfall«, oder »Taprone« statt »Patrone«. Als ich ihn ein paarmal gefragt hatte, ob er meinen weißen Emailtrichter fürs Auto nicht gesehen hätte, machte er aus dem »white enamel« ein »white animal« und erklärte, geduldig zwar, aber mit Bestimmtheit: »Nein, ich habe kein weiß Tier nicht gesehen, Memsahib, kein einzig weiß Tier!« Von einem auf Ehren versessenen englischen Freund des Hauses sagte er: »Er werden nie ein Sir«, was heißen sollte, daß ihm nie die Ehre widerfahren würde, geadelt zu werden. In der Zeit der Heuschreckenplage pflegten die Eingeborenen die Tiere zu rösten und zu essen, und ich hatte nicht übel Lust, es auch zu versuchen, war aber noch im Zweifel und fragte Farah, wie sie schmeckten. »Ich weiß nicht, Memsahib«, antwortete er, »ich esse nicht solch kleine Vögel.« Er hatte eine Vorliebe für das hinweisende Fürwort. »Dieser arabische Pferdehändler bietet dir dieses Pferd um diesen Preis«, sagte er etwa und sprach auch von seinen Mitmenschen selten anders als per »dieser Kamante«, »dieser Prinz von Wales«. Thomas Mann erzählt uns in seinem Buch ›Joseph in Ägypten‹, daß die alten Ägypter dieselbe Gewohnheit hatten und daß sich Joseph dazu erzog, ihrem Geschmack entsprechend immerfort so zu reden: »Und als wir vor diese unbezwingliche Feste kamen, sagte dieser gute Alte zu diesem Offizier ...« Es mag eine besondere afrikanische Vorliebe sein.

Farah sah streng darauf, daß die eingeborenen Diener die Pferde striegelten und die Silbergeräte im Haus polierten, bis sie blitzten. Er fuhr meinen alten Fordwagen, als wäre es ein Rolls Royce aus Rothschildschem Familienbesitz. Und er erwartete auch von mir eine entsprechende Unterwerfung unter die Vorschriften unseres Bundes. Infolge dieser seiner Haltung war er ein äußerst kostspieliger Funktionär des Hauses, nicht nur weil sein Lohn ganz unverhältnismäßig höher war als der meiner übrigen Dienerschaft, sondern weil er unnachsichtig darauf bestand, daß mein Haus in großem Stil zu führen sei.

Farah war mein Finanzminister, er verfügte über alles Geld, das ich von der Bank holte, und über meine Schlüssel. Mir gegenüber legte er nie Rechnung ab und wäre auch kaum dazu imstande gewesen; es wäre mir auch nie in den Sinn gekommen, es von ihm zu verlangen. Ich hatte nicht den geringsten Zweifel, daß er mein Geld nach bestem Wissen und Gewissen stets nur im Interesse des Hauses ausgab. Doch blieb bei alledem ein starkes und belebendes Moment der Spannung in mir wach, worin seiner Auffassung nach die Interessen des Hauses bestanden haben mochten.

Ich fragte ihn etwa: »Farah, kannst du mir fünf Rupien geben?«, und er fragte dagegen: »Wofür brauchst du sie, Memsahib?« – »Ich möchte mir ein neues Paar Hosen kaufen«, sagte ich. Farah schüttelte den Kopf. »Das können wir uns diesen Monat nicht leisten, Memsahib«, sagte er. Oder er sagte: »Gott gebe, daß deine alten Reitstiefel so lange halten, bis die neuen aus London kommen.« Farah verstand eine ganze Menge von Reitstiefeln und hielt es für unter seiner Würde, in Stiefeln herumzulaufen, die von den indischen Schuhmachern in Nairobi geliefert waren.

Zum Ausgleich war er in anderen Dingen höchst weitherzig. Er verordnete: »Zum Abendessen müssen wir heute Champagner geben, Memsahib.« Meine englischen Freunde, die zwischen ihren langen Safari-Expeditionen bei mir im Haus wohnten, versorgten es, was Wein betrifft, ganz ausgezeichnet; aber es konnte, wenn sie länger wegblieben, vorkommen, daß der Vorrat knapp wurde. »Wir haben nur noch so wenig Champagner, Farah«, sagte ich. »Wir müssen Champagner geben«, wiederholte Farah. »Hast du vergessen, Memsahib, es kommt eine Memsahib zu Tisch.« Meine Gäste waren in der Regel Männer; es gab nur verhältnismäßig wenige Frauen im Land.

Als Prinz Wilhelm von Schweden zum Tee auf die Farm kam, wollte ich ihm zu Ehren eine besondere Art von schwedischem Kuchen backen, einen sogenannten Klejner, wozu man ein kleines Quantum (was die Kochbücher eine Prise nennen) Kardamom braucht. Farah sollte nach Nairobi fahren, und ich schrieb den Kardamom auf seinen Einkaufszettel. »Ich weiß nicht«, sagte ich, »ob die weißen Händler ihn haben werden. Wenn du ihn aber dort nicht bekommst, mußt du zu den Indern gehen.« Die großen indischen Händler, Suleiman Virjee und Allidina Visram, waren mit Farah persönlich befreundet; ihnen gehörte mehr als die Hälfte des Marktbezirks im Eingeborenenviertel, des sogenannten Basars.

Farah kam spät abends zurück und berichtete: »Dieses kostbare Gewürz, Memsahib, das andere Europäer nicht kennen, das wir aber haben müssen, war sehr schwierig zu bekommen. Erst ging ich zu diesen weißen Händlern; aber sie hatten es nicht. Dann ging ich zu Suleiman Virjee, und er hatte es. Und da kaufte ich für fünfhundert Rupien.« Eine Rupie war zwei Schilling. »Du bist verrückt, Farah«, sagte ich. »Du solltest für zehn Cents kaufen.« – »Das hast du mir nicht gesagt«, sagte Farah. »Nein, ich habe es dir nicht gesagt«, sagte ich, »ich dachte, du hättest ein bißchen Menschenverstand. Aber wie dem auch sei, ich habe keine Verwendung für Kardamom im Wert von fünfhundert Rupien, und wir werden ihn an Suleiman Virjee zurückgeben müssen, wo du ihn herhast.« Ich merkte sofort, daß es unmöglich sein würde, Farah zur Ausführung dieses Befehls zu bringen. Es war nicht die Unbequemlichkeit, die er scheute; denn Unbequemlichkeit, welcher Art auch immer, bedeutet einem Somali nichts. Er wollte aber nicht zulassen, daß Suleiman Virjee hätte glauben können, ein Haus wie das unsere könne mit weniger auskommen als mit Kardamom für fünfhundert Rupien. Er dachte nach und sagte: »Nein. Nein. Das wäre nicht gut, Memsahib. Aber ich will dir sagen, was wir tun. Ich übernehme diese Partie.« Dabei ließen wir es bewenden, und da die Somali solch fanatische Handelsleute sind, hatte Farah den bis dahin unbekannten Artikel über Nacht auf der Farm eingeführt, wo nun jeder Kikuju, der auf sich hielt, alsbald Kardamom kauend herumlief und die Kapseln in weitem Bogen in die Gegend spuckte. Ich versuchte es auch und fand es nicht so übel. Farah, möchte ich meinen, muß bei der Transaktion einen hübschen Profit herausgeschlagen haben.

Farahs Kenntnis der Eingeborenen und ihrer Geisteshaltung erwies sich für mich gelegentlich auch als sehr nützlich.

Einmal, als ich am Monatsende den Leuten auf der Farm ihren Lohn ausbezahlt hatte und meine Abrechnungen durchging, entdeckte ich, daß eine Hundert-Rupien-Note fehlte und offenbar gestohlen worden war. Ich gab die traurige Kunde an Farah weiter, und er erklärte mir sofort in aller Ruhe, er werde mir mein Geld schon wieder verschaffen. »Aber wie denn?« fragte ich ihn. »Es sind mehr als tausend Leute hier gewesen, und wir haben überhaupt keine Ahnung, wer der Dieb sein kann.« – »Mag sein – aber ich schaffe dir dein Geld wieder her«, sagte Farah.

Er ging fort und kehrte gegen Abend mit einem Totenschädel wieder. Das klingt nun recht hochdramatisch, war aber an und für sich nichts Außergewöhnliches. Seit Jahrhunderten hatten die Eingeborenen ihre Toten nicht begraben, sondern irgendwo auf der Steppe ausgesetzt, wo Schakale und Geier sich ihrer annahmen. Wenn man dort ritt oder spazierenging, konnte es einem jederzeit passieren, daß man im hohen Gras auf einen bernsteingelben Schenkelknochen oder einen honigfarbenen Schädel stieß.

Farah pflanzte im Freien vor meiner Tür eine Stange in die Erde und nagelte den Schädel am oberen Ende fest. Ich stand dabei und schaute ihm ohne große Begeisterung zu. »Wozu soll denn das gut sein, Farah?« fragte ich ihn. »Der Dieb ist längst über alle Berge. Soll ich nun wohl deinen Totenschädel da dauernd vor meiner Tür haben?« Farah gab keine Antwort; er trat einen Schritt zurück, um sein Werk zu prüfen, und lachte. Am nächsten Morgen aber lag wahrhaftig zu Füßen der Stange ein Stein und darunter eine Hundert-Rupien-Note. Auf welchen dunklen, verschlungenen Pfaden sie dorthin gelangt war, erfuhr ich nicht, und werde es auch nie erfahren.

Farah war, wie bereits gesagt, ein strenger Mohammedaner und voll eifernden Geistes.

Wenn ich von Mohammedanern und vom mohammedanischen Glauben spreche, ist mir wohl bewußt, daß ich in Afrika nur einen primitiven, in keiner Weise verfeinerten Muslim-Glauben habe kennenlernen können. Von mohammedanischer Philosophie und Theologie weiß ich nichts; ich kann nur aus eigener Erfahrung sagen, wie sich der Islam im Gedankengang und Verhalten des ungebildeten Rechtgläubigen offenbart. Bei alledem habe ich aber das Gefühl, daß man nicht längere Zeit unter Mohammedanern leben kann, ohne sich in seinen Lebensauffassungen in gewisser Hinsicht von ihnen beeinflußt zu finden.

Ich habe mir sagen lassen, das Wort Islam bedeute in sich so viel wie Unterwerfung; der Glaube kann wohl definiert werden als die Religion, die ein striktes Hinnehmen verlangt. Der Prophet selbst nimmt hin nicht etwa mit Widerstreben oder Bedauern, sondern mit Inbrunst. Es gibt in der von ihm gepredigten Lehre, wie ich von seinen ungebildeten Jüngern weiß, ein bestürzend erotisches Element.

»Narden, Weihrauch und Wohlgerüche sind teuer meinem Herzen«, sagt der Prophet. »Aber die Pracht der Weiber ist teurer. Die Pracht der Weiber ist teuer meinem Herzen. Aber die Herrlichkeit des Gebets ist teurer.«

Zum Unterschied von vielen modernen christlichen Ideengängen gibt sich der Islam nicht damit ab, die Wege Gottes vor dem Menschen zu rechtfertigen. Sein Ja ist umfassend und unbedingt. Denn der Liebende mißt nicht den Wert seiner Geliebten nach einem sittlichen oder gesellschaftlichen Maßstab. Die Geliebte wiederum, indem sie die dunklen und gefahrvollen Lebenserscheinungen in ihr eigenes Wesen aufnimmt, durchleuchtet und vergeistigt sie auf geheimnisvolle Weise und sättigt sie mit Süßigkeit. Ein altes dänisches Liebesgedicht drückt es so aus: »Zauberkraft auf deinen Lippen / Abgrund tief in deinem Blick.« Was der Werbende begehrt, ist die Freiheit, anzubeten; wonach er drängt und dürstet, ist die Gewißheit, daß ihm Gegenliebe winkt. Kadidjas Karawanenführer, den Blick auf den jungen Mond gerichtet, ist nach den Worten eines späteren Autors, wenn auch in einem etwas veränderten Sinn, »Liebhaber Gottes bis zum Wahnwitz / Am Kusse sterbend«.

Ich habe mich manchmal gefragt, ob die Wüstenstämme zu dem wurden, was sie sind, weil sie zwölfhundert Jahre lang in der Hand des Propheten standen; oder ob der Glaube des Propheten in ihnen so tief Wurzel geschlagen hat, weil sie von Anfang an eines Blutes mit ihm waren. Ich habe mir auch gedacht, so wie die beim Stifter des Christentums vorhandene erotische Unantastbarkeit seine Jünger diesem ganzen Lebensbezirk gegenüber in eine gewisse Leere, oder soll ich sagen: chronische

Unausgewogenheit und Gewissensnot versetzt hat, so müsse auch die ungeheuerliche, unbezähmte Manneskraft des Propheten seine Anhänger durchdrungen und gewaltige, stilliegende Mächte in ihnen in Bewegung gesetzt haben. Ein erotischer Impuls läuft durch das ganze Lebensgeflecht der großen Wanderer. Pferde und Kamele sind begehrenswerte und köstliche Besitztümer in einem Männerleben, und wohl wert, daß einer um ihretwillen sein Leben aufs Spiel setzt. Doch sind sie nicht zu vergleichen, geschweige denn gleichzusetzen mit dem Besitz von Frauen. Fürs Gefühl der asketischen, abgehärteten, mitleidlosen Nomadenstämme ist es die Anzahl und Wohlbeschaffenheit der Ehefrauen, die Erfolg und Glück eines Mannes im Leben, und damit seinen ureigenen Wert, bestimmt.

Wenn ich auf der Farm aufgerufen war, in Streitfällen zwischen meinen mohammedanischen Leuten Recht zu sprechen, schlug ich die Regeln und Verordnungen nach, wie sie im Handbuch des mohammedanischen Rechts, dem sogenannten ›Minhay et Talibin‹, enthalten sind. Das ist ein dickes und gewichtiges Buch, äußerst imponierend, wenn man es mit sich herumträgt; voller Überraschungen übrigens für die Denkart eines Nordeuropäers in seinen Tabus und Empfehlungen; äußerst informativ in seinen Angaben über die mohammedanische Lebensauffassung und von unendlicher Genauigkeit in seinen Vorschriften über die vom Gesetz verlangten Reinigungen, übers Gebet, über das Fasten und Almosengeben und insbesondere über die Frau und ihre Stellung in der Gemeinschaft der Rechtgläubigen. »Das Gesetz«, so läßt sich das besagte klassische Werk vernehmen, »das Gesetz untersagt, daß ein Mann sich in Seide kleidet. Eine Frau hingegen darf seidene Gewänder tragen und sollte es sogar, wo immer es ihr bei Wahrung der Schicklichkeit möglich ist.« Die Somali, die ich kannte, trugen nun allerdings Seide, aber Farah erklärte es mir so, sie täten es nur, wenn sie außerhalb ihres Heimatlandes seien und in fremdem Dienst stünden – und richtig ist, daß mein alter wertgeschätzter Freund Ali bin Salim aus Mombasa und der alte indische Hohepriester, der mich mitunter auf der Farm besuchte, stets nur feinste, erlesenste Wollstoffe trugen. Das Buch setzt auch als eine Rechtsvorschrift fest, daß der Ehemann seine Frau nicht nur mit der notwendigen Nahrung, Unterkunft und Kleidung zu versorgen hat, sondern auch, soweit seine Mittel es erlauben, mit einem bestimmten Maß von Luxus, wie es ihr wahrlich zusteht und sie wiederum veranlassen wird, ihren Gatten wahrhaft zu schätzen. »Den Fall jedoch betreffend«, heißt es weiter, »daß es sich um eine Frau von hervorragender Schönheit handelt, mögen sich die Rechtsgelehrten nicht in voller Übereinstimmung befinden und werden die Angelegenheit auf dem Wege des juristischen Ermessens entscheiden müssen.« Das äußerst seriöse und sogar etwas pedantische Buch verzeichnet demnach weibliche Schönheit als ein unanfechtbares, juristisch faßbares und gültiges Gut.

So stürzen sie sich also mit Begier – diese Kriegersleute und großen Turnierritter – in die Aufgabe, Gottes Willen, Gottes anbetungswürdigen Willen zu erfüllen, wie sich die Juden in den Vollzug ihrer Sabbatfeier stürzen: »Machet euch auf, o Brüder, die Braut einzuholen!« So auch König David von Israel, in seinem 119. Psalm: »Wie habe ich dein Gesetz so lieb!« Sie sind eine Gemeinde von Ja-Sagern, sie sind verliebt in die Gefahr, in den Tod und in Gott.

So wie Hiobs Klagen nicht beschwichtigt werden durch Vorstellungen über Gottes Gerechtigkeit und Gnade, sondern der Beschwerdeführer erst dann kapituliert und sich zufrieden gibt, als sich ihm Gottes Größe offenbart, so streckt auch der Prophet die Waffen und willigt ein: »Gott ist groß.« Dasselbe Einverständnis fand ich bei Farah, als wir uns nach dreiwöchigem sauren Steppenmarsch endlich an eine Elefantenherde herangepirscht hatten, als ich schoß, fehlte und die Elefanten auf Nimmerwiedersehen davonbrausten. Auf gleiche Weise hat er sich zufrieden gegeben, als in einem Dürrejahr aus Somaliland die Nachricht zu ihm gelangte, daß die Hälfte seiner Kamele eingegangen war, oder als ich ihm von Denys Finch-Hattons Tod erzählte: »Gott ist groß.«

Unter Christen besteht allgemein die Vorstellung, daß der Islam unduldsamer sei als das Christentum; aber meine Erfahrung entspricht dem nicht. Es gebe drei große Propheten, erzählte mir Farah: Mohammed, Jesus und Moses. Als Sohn Gottes wollte er Christus nicht anerkennen, weil Gott nicht im Fleisch einen Sohn haben könne, aber er räumte ein, daß Christus keinen menschlichen Vater gehabt habe. Er nannte ihn »Isa ben Mariammo«. Von Mariammo sprach er viel, rühmte ihre Schönheit und Jungfräulichkeit – sie sei, sagte er, im Garten ihrer Mutter lustwandelt, da habe ein Engel sie mit dem Flügel an der Schulter gestreift, davon sei sie schwanger geworden. Er ohrfeigte seinen kleinen Sohn Saufe, weil dieser Schmähworte über die Jungfrau wiederholte, die nichtsnutzige Kikuju-Jungen aus der Schottischen Mission ihm beigebracht hatten.

Als ich in den dreißiger Jahren in Südengland bei Denys Finch-Hattons Bruder, dem Earl of Winchelsea, zu Gast war, kam der Maler John Philpot ins Haus, um meine Gastgeberin zu malen, die eine sehr schöne Frau war. Er war viel in Nordafrika gereist und erzählte mir eines Nachmittags bei einem gemeinsamen Spaziergang im Park ein Erlebnis von dort.

Im Ersten Weltkrieg sei er durch einen Granateinschlag verschüttet worden und habe einen Nervenzusammenbruch erlitten. Es sei ihm nie so richtig bewußt gewesen, ob das, was er tat, auch das Eigentliche für ihn sei.

»Wenn ich ein Bild malte«, erklärte er, »hatte ich ein Gefühl, daß ich die Abrechnung von der Bank durchsehen sollte. Wenn ich die aber durchsah, war mir zumut, ich müßte spazierengehen. Und wenn ich dann, auf einem langen Spaziergang, fünf Meilen von Hause war, wurde mir klar, ich müßte genau in diesem Augenblick vor meiner Staffelei sitzen. Ich war ständig auf der Flucht, im Exil, wo ich auch war.

Während dieser Zeit kam ich mit meinem afrikanischen Diener auf meinen Reisen in Marokko zufällig auch einmal in ein kleines Städtchen oder Dorf. Ich kann Ihnen den Ort nicht richtig beschreiben, er sah eben aus wie irgend so ein nordafrikanisches Dorf. Er lag in einer Ebene und bestand eigentlich nur aus einer Anzahl von Lehmhütten mit einer alten breiten Lehmmauer rings herum. Das einzige Besondere, woran ich mich erinnere, waren die ungeheuer vielen Störche, beinahe auf jedem Haus gab es ein Storchennest. In dem Augenblick aber, als ich durch das Tor in der Mauer geschritten war, hatte ich das Gefühl, hier war ich an einer Ruhestätte. Ein seltsam-köstlicher Friede kam über mich, ein Glücksgefühl, wie man es hat, wenn man ein schweres Fieber hinter sich bringt. Hier, dachte ich, kann man bleiben.

Als ich dann vierzehn Tage in dem Dorf gewohnt hatte, immer in dem gleichen köstlichen Seelenfrieden und ohne einen Gedanken an Vergangenes und Künftiges, kam eines Tages, als ich endlich wieder an einem Bild malte, ein alter Mann, ein Geistlicher, zu mir und redete mich an. ›Ich höre von deinem Diener‹, sagte er, ›daß du deine Wanderschaft beendet hast und bei uns bleiben willst, da du hier hast Ruhe finden können.‹ Ich antwortete, ja, so sei es; den Grund aber wüßte ich mir nicht zu erklären.

›Herr‹, sagte der Alte, ›ich will es dir erklären. Es ist etwas Besonderes an unserem Dorf, es sind Dinge hier geschehen wie nirgendwo sonst. Nicht als ich ein Kind, sondern als mein Vater ein Knabe von zwölf Jahren war, geschah es, und er hat mir berichtet, wie alles sich zutrug. Wende deinen Blick nach dem Tor in der Mauer hinter uns. Überm Tor siehst du einen Mauervorsprung, eine Art Brett, wo zwei Männer sitzen können, denn in der alten Zeit schauten Wächter von hier nach Feinden aus, die über die Ebene herannahen konnten. Zu diesem Mauervorsprung überm Tor ist der Prophet in leibhaftiger Gestalt gekommen und mit ihm euer Prophet Jesus Christus. Sie trafen sich hier und wollten das Menschenlos auf Erden miteinander bereden und die Art und Weise, wie man den Leuten auf Erden helfen könnte. Die Untenstehenden konnten nicht hören, was sie zueinander sagten. Aber sie konnten sehen, wie sich der Prophet, indem er seine Gedanken vortrug, mit der Hand aufs Knie schlug, und wie daraufhin Jesus Christus die Hand hob und ihm antwortete. So saßen sie, ins Gespräch vertieft, bis die Nacht hereinbrach und die Leute sie nicht mehr sehen konnten. Aber von der Zeit an, Herr, hat unser Dorf Herzensfrieden zu verschenken.‹

Ich frage mich«, sagte Mr. Philpot, »ob ein Geistlicher der englischen Hochkirche diese Geschichte hätte erzählen können.«

Wie alle Mohammedaner war Farah ohne Furcht. Die Europäer nennen die islamische Lebensauffassung Fatalismus. Ich für meinen Teil glaube nicht, daß die Anhänger des Propheten die Geschehnisse des Lebens als vorausbestimmt und daher als unvermeidlich ansehen. Sie sind furchtlos, weil sie das Vertrauen haben, daß das, was geschieht, immer das Beste ist.

Es war noch während meiner ersten Jahre in Afrika, da

stand Farah neben mir, als ein wundgeschossener Löwe uns angriff – »uns annahm«, wie man als Jäger sagen muß, weil nun nur noch ein tödlicher Schuß ihn aufhalten würde. Farah hatte kein Gewehr bei sich und besaß damals, wie ich glauben möchte, nur ein sehr geringes Vertrauen zu meiner Zielsicherheit. Er rührte sich aber nicht von der Stelle und ist wohl nicht einmal zusammengezuckt. Der glückliche Zufall wollte, daß ich mit dem zweiten Schuß den Löwen traf: er überkugelte sich wie ein Hase, und nun erst trat Farah in vollendeter Ruhe auf ihn zu und sah nach dem Rechten.

Später erst habe ich Farah zu meiner Überraschung mit tiefer Bewunderung von meiner Geschicklichkeit beim Schießen sprechen hören. Während einer unserer großen Jagdfahrten lag ich eines Morgens nach nächtlicher Pirsch noch in meinem Zelt zu Bett, als ein junger Engländer, der in seinem Lager etliche Meilen südlich von dem unseren durch die Eingeborenen von unserer Anwesenheit gehört hatte, zu uns herüber kam, um sich nach Wasser und Jagd zu erkundigen und sich ein wenig zu unterhalten. Er sprach draußen vor dem Zelt mit Farah, und ich konnte ihr Gespräch durch die Persenning verfolgen. »Was für einen Bwana hast du denn bei dir?« fragte der Engländer. »Ist er ein guter Schütze – habt ihr schon etwas geschossen?« – »Ich habe überhaupt keinen Bwana«, erwiderte Farah, »sondern eine Memsahib aus einem fernen Land. Und die schießt nie vorbei.«

Bei der Gelegenheit schien Farah geradezu mit Genuß von mir zu sprechen. Im allgemeinen unterhalten sich die Somali nie über Frauen, und es gelingt einem nicht, sich von ihnen über ihre Gattinnen und Töchter erzählen zu lassen. Nur in Hinsicht auf ihre Mutter machen sie in der Tat eine Ausnahme, und der Koran, so hat mir Farah erzählt, schreibt vor, jedesmal, wenn man seinen Vater in

Ehrfurcht nennt, soll man auch fünfundzwanzigmal in Ehrfurcht der Mutter gedenken. In diesem Punkt wie in manchem anderen sind die Somali wie die alten Isländer. Tormod Kolbrunnaskjald wurde aus Island verbannt, weil er über das Mädchen seiner Liebe ein Lied gesungen und sie dabei »Kolbrunna« genannt hatte.

Seltsamerweise trage ich dieses Tabu immer noch in mir. Manchmal, wenn die Leute über mich sprechen oder schreiben, habe ich das Gefühl, als bräche ich meinen Bund mit Farah.

Als der Prinz von Wales, der jetzige Herzog von Windsor, im Jahre 1928 seinen ersten Besuch in Kenia machte, hatte mich meine Freundin Joanie Grigg, die Frau des Gouverneurs, eingeladen, eine Woche bei ihnen im Regierungshaus zu wohnen. Ich meinte, das wäre eine Gelegenheit, die Sorgen der Eingeborenen über ihre Besteuerung dem Prinzen vorzutragen, und war glücklich, daß ich auf diese Weise das Ohr des künftigen englischen Königs erreichen würde. Ich muß es nur auf angenehme Weise vorbringen, sagte ich mir; denn wenn dem Prinzen meine Rede nicht gefällt, wird er nichts unternehmen.

Beim Essen saß ich neben dem Prinzen und versuchte, sein Interesse vorsichtig in die gewünschte Richtung zu lenken; und er kam tatsächlich schon am folgenden Tag zum Tee zu mir auf die Farm. Er ging mit mir in die Hütten der Viehkätner und erkundigte sich, was sie an Rindern und Ziegen besaßen, was sie dazuverdienen konnten, wenn sie auf der Farm arbeiteten, und was sie an Steuern bezahlten, und schrieb sich alle Zahlen auf. Es war später, als ich wieder in Dänemark war, eine bittere Enttäuschung für mich, daß mein Prinz von Wales nur für ein halbes Jahr König von England geworden ist.

An einem anderen Nachmittag hatte ich dem Prinzen die großen Ngoma-Tänze beschrieben, die auf der Farm abgehalten wurden, und beim Gutenachtsagen kam er darauf zurück und sagte: »Ich würde gern am Freitag bei Ihnen zu Abend essen und so ein Ngoma sehen.« Wir schrieben Dienstag abend, und der Prinz wollte die beiden nächsten Tage nach Nanjuky zum Rennen fahren.

Oben in meinen Zimmern im Regierungshaus fand ich Farah meiner Befehle für den nächsten Tag harrend; man bringt immer seinen eigenen Diener mit, wenn man bei Freunden Hausbesuch macht. Ich sagte zu ihm: »Da ist uns etwas Schreckliches passiert, Farah. Der Prinz kommt Freitag abend zum Essen und will unsere Leute tanzen sehen. Und du weißt doch, daß sie um diese Jahreszeit nicht tanzen.« Die Ngomas sind nämlich Ritualtänze in Verbindung mit Erntefesten, und alle Siedler wußten nur zu gut, daß die Eingeborenen wegen einer solchen Sache lieber gestorben wären, als ein tausend Jahre altes geheiligtes Gesetz zu durchbrechen.

Farah war nicht minder erschrocken als ich selbst. Etliche Minuten stand er sprachlos und gleichsam versteinert vor mir. Dann endlich sprach er. »Wenn es nicht anders sein kann, Memsahib«, sagte er, »sehe ich nur eins, was wir tun können. Ich werde den Wagen nehmen und bei den großen Häuptlingen vorbeifahren. Ich werde mit ihnen sprechen und ihnen sagen, daß sie dir jetzt beistehen müssen. Ich werde sie daran erinnern, daß du ihnen vor drei Monaten auch geholfen hast.« Ich hatte den Eingeborenen glücklicherweise in einer zwischen ihnen und der Regierung schwebenden Sache beistehen können; es ging da um Salzfelsen, zu denen sie seit alter Zeit ihr Vieh zum Salzlecken gebracht hatten. »Aber dann«, fuhr Farah ein wenig ängstlich fort, »kann ich mich um dieses Abendessen nicht kümmern. Da mußt du mit Kamante selbst nach dem Rechten sehen, Memsahib.« Es handelte sich um eine weite Strecke und es gab kaum Straßen zu den

Wohnstätten der großen Häuptlinge; auch würden sich die Alten da draußen die Gelegenheit zu einem ausführlichen Schwatz nicht entgehen lassen. Ich antwortete: »Mach dir nur keine Sorge. Ich und Kamante werden das schon in Ordnung kriegen. Ich denke auch, daß du recht hast und daß es das Beste ist, was wir tun können.«

Ich kehrte auf die Farm zurück und traf, etwas schweren Herzens, Vorbereitungen für Freitag, während Farah seines Weges fuhr, ein Botschafter auf dorniger Mission. Als er am Freitagmorgen noch nicht zurück war, verfiel der gesamte Haushalt, der inzwischen den aus Mombasa gelieferten Hummer, die vom Masai Morani beigebrachten Sporenhühner und Kamantes Cumberlandsauce zum Schinken zurichtete, in tödliches Schweigen. Es wäre ein dunkler, nie zu tilgender Schandfleck für unser Haus und uns alle, wenn der Prinz zu uns herauskäme, um ein Ngoma zu sehen, und wir könnten ihm kein Ngoma bieten.

Aber schon um acht oder neun Uhr fingen unsere eigenen Leute, die jungen Männer und Mädchen von der Farm an, sich ums Haus zu scharen, in der rätselhaften Art der Eingeborenen, wenn sie spüren, daß große Dinge sich begeben sollen. Im Laufe der nächsten Stunden gesellten sich tanzlustige junge Leute von entfernteren Farmen dazu; grüppchenweise kamen sie die lange Auffahrt herauf. Kamante, ausnahmsweise einmal zu einer optimistischen Beurteilung der Sachlage entschlossen, bemerkte mir gegenüber, es sei wie damals, als die Heuschrecken kamen: erst eine nach der andern; dann immer ein Häuflein auf einmal; und schließlich mehr, als wir zählen konnten. Um elf hörten wir den Wagen asthmatisch den Weg heraufkeuchen. Er war gipsgrau von Schmutz und Staub, und Farah selbst, als er ihm entstieg, schien gewissermaßen ausgebleicht, wie es bei dunkelhäutigen Menschen der Fall ist, wenn sie aufs äußerste erschöpft sind. Ich spürte, er mußte diese beiden Nächte in unaufhörlichem Palaver mit den alten Häuptlingen wach gesessen haben. Doch merkten wir alle schon auf den ersten Blick: er kam als Sieger zurück.

»Memsahib«, sagte er und seine Stimme gab derjenigen des Motors an Heiserkeit nicht viel nach, »sie kommen. Sie kommen alle, und sie bringen ihre jungen Männer mit und ihre unberührten jungen Mädchen.«

Sie folgten tatsächlich dem Wagen fast auf dem Fuße: ein heuschreckenartiger Schwarm, wie Kamante vorhergesagt hatte, ein Strom biegsamer, feuriger junger Leute beiderlei Geschlechts, auf Tanz versessen, und koste es ihr Leben. Als eine kleine Gruppe schritten jeweils der alte Häuptling und seine bejahrten Ratgeber in üppigen Affenhautmänteln prunkvoll voran, durch zehn Fußbreit leeren Raums vor und hinter sich von der gemeinen Menge getrennt.

Wir hatten in jener Nacht zwischen zwei- und dreitausend Tänzer auf dem Tanzplatz vor meinem Haus. Der Mond war voll; kein Windhauch rührte sich; der Zirkel aus kleinen Feuerstätten sprühte und glühte bis tief in den Wald hinein und ließ dünne Rauchsäulen zum Himmel emporsteigen. Es war ein schönes Ngoma, ich habe nirgends ein schöneres gesehen.

Der Prinz machte einen Rundgang durch den Tanzsaal im Walde und trat der Reihe nach zu einem Gespräch an die alten Häuptlinge heran. Er redete sie in Suaheli an, und sie, schräg auf ihre Stöcke gelehnt, antworteten ihm kühnlich aus lächelnden, zahnlosen Mündern, worauf die Unterhaltung aus begreiflichen Gründen beendet war. Er hat viel Eindruck gemacht auf diese Uralten; sie haben später gern von ihm gesprochen. Afrikaner lachen aus anderen Gründen als Europäer, meistens aus purer Bosheit, aber oft auch bloß aus Zufriedenheit – lang noch lachten sie, wenn sie von dem Prinzen sprachen, als hätten wir uns über ein besonders kostbares Neugeborenes unterhalten. Ich glaube, auch der Prinz war zufrieden mit seinem Ngoma-Tanz.

Zwei Wochen später schickte ich nochmals nach den Kikuju-Häuptlingen. An dem Tag des Ngoma, sagte ich, hätte ich mich in einer schwierigen Lage befunden. Ich hätte sie um ihre Hilfe gebeten, sie hätten mir geholfen, und nun wollte ich mich bei ihnen bedanken. Ich übergab jedem von ihnen ein Geschenk, kann mich aber nicht mehr erinnern, ob es ein besonders feiner Wollstoff war oder eine Ziege.

Sie ließen sich etliche Minuten lang meine Ansprache zu Herzen gehen, dann trat ein sehr alter Mann vor und redete mich an. »Da hast du uns nun erzählt, Msabu«, sagte er, »wie du dich am Tag des großen Ngoma in einer schwierigen Lage befandest und wie du uns batest, dir zu helfen, und wie wir dir geholfen haben. Und da hast du dich nun bei uns bedanken wollen und hast jedem von uns ein Geschenk gegeben. Dürfen wir nun auch etwas zu dir sagen?« Das ist eine bei den Eingeborenen sehr gebräuchliche Anknüpfung, und man kann die Bitte schlecht abschlagen, muß sich aber dann auf alles gefaßt machen. Ich sagte dem Alten, er könne mir gern sagen, was er wolle: »Msabu«, sprach er voller Nachdruck und Genugtuung, »da will ich dir nun gern etwas sagen, was wir unter uns viel besprochen haben und worüber wir glücklich sind. Wir finden, an dem Abend, als der Toto a Soldani hier war, um unsere jungen Männer und unsere Jungfrauen tanzen zu sehen, da hattest du unter den anwesenden Msabus das hübscheste Kleid an. Das hat uns im Herzen wohlgetan, Msabu, und es tut uns immer noch im Herzen wohl, wenn wir daran denken. Denn wir finden alle, hier außen, Tag für Tag auf der Farm, da bist du schrecklich schlecht angezogen.«

Ich habe ihm nicht widersprochen. Auf der Farm trug ich gewöhnlich alte Khakihosen, mit viel Öl-, Schmutz- und Staubflecken drauf. Mir war klar, was meine Leute befürchtet hatten: daß ich sie bei einer historischen Gelegenheit auf der Farm und in einem Augenblick, da ich sie zu einer äußersten Leistung aufgerufen hatte, womöglich blamieren würde.

Für meine Leserinnen möchte ich hier einflechten, daß ich zur Zeit des Prinzenbesuchs vier Jahre lang nicht mehr in Europa gewesen war und keine Ahnung haben konnte, was dort gerade Mode war. Ich schrieb daher dem Haus in Paris, das meine Maße hatte und mir das Kleid machen sollte, sie möchten sich nach ihrem eigenen Ermessen etwas wirklich Schickes ausdenken. »Nous sommes convaincus, Madame«, schrieben sie zurück, »que vous serez la plus belle.« Vernüftigerweise hatten sie mir, obwohl Hängekleider die große Mode waren – diese Kleider, die im Grunde nur aus zwei von den Achselhöhlen bis übers Knie fallenden Senkrechten bestanden –, ein sogenanntes Stilkleid gemacht, das nicht so leicht aus der Mode kommen würde, mit einem sehr weiten gesteiften Rock aus Silberbrokat. Das war es wohl, was meinen Leuten so im Herzen wohlgetan hat, daß sie mich unter allen den stakeligen Frauen auf der Dinner-Party plötzlich zu unerwartetem Leibesumfang anschwellen sahen.

Da sich mein Gespräch mit den alten Häuptlingen denn also dem so überaus sympathischen Thema meines Kleides zugewandt hatte, wünschte ich noch Weiteres von ihnen darüber zu hören. In diesem Augenblick erschien jedoch Farah auf der Szene und hinter ihm Kamante, der eine Holzschale mit Rauch- und Schnupftabak für die Gäste trug. Farahs Miene drückte Zustimmung, jedoch auch eine gewisse Strenge aus. Er war nicht unempfänglich für Popularität, hielt indessen daran fest, daß man die Kikuju in ihren Grenzen halten müsse und mich in den meinen.

»Einen Augenblick noch, Farah«, sagte ich. »Ich unterhalte mich mit den alten Leuten, und sie unterhalten sich mit mir.«

»Nicht doch, Memsahib«, erwiderte Farah. »Nicht doch. Jetzt haben diese Kikuju genug über dieses Kleid gesagt. Jetzt ist es Zeit, daß sie diesen Tabak bekommen.«

Es kamen dann die schweren Zeiten auf der Farm, und es kam für mich die Gewißheit, daß ich sie nicht halten konnte. Es begannen meine immer wiederholten Reisen nach Nairobi, mit solch trostlosen Zielen wie dem, meine Gläubiger zu beschwichtigen, einen besseren Preis für die Farm zu bekommen und zu allerletzt, nachdem ich das Gut in Wirklichkeit schon verloren hatte und sozusagen Pächterin in meinem eigenen Haus geworden war, für meine Kätnersleute das Stück Land im Kikuju-Reservat zu sichern, wo sie ihrem Wunsch entsprechend weiter zusammenleben konnten. Es dauerte eine lange Zeit, bis ich die Regierung für meinen Plan erwärmen konnte. Auf diesen Expeditionen war Farah stets bei mir.

Und jetzt erst begab es sich, daß er Kisten und Kasten auftat, von deren Existenz ich nichts geahnt hatte, und einen wahrhaft königlichen Glanz entfaltete. Er brachte Seidengewänder, goldgestickte Westen und Turbane in leuchtendem, flammendem Rot und Blau zum Vorschein, mitunter auch völlig weiße, die man selten sieht und die offenbar für die Somali eine wirkliche Gala-Kopfbedekkung sind; ferner schwere Goldringe und Messer in silber- und elfenbeinmontierten Scheiden, dazu eine Reitpeitsche aus Giraffenhaut, mit Gold eingelegt – und er sah in diesem Aufzug aus wie Kalif Harun al Raschids höchstpersönlicher Leibwächter. Er folgte mir, sehr aufrecht schreitend, in fünf Fuß Entfernung, während ich in meinen alten Arbeitshosen und mit Flicken besetzten Schuhen die Straßen von Nairobi entlangwanderte. Da sind er und ich erst zur wahren Einheit geworden, so malerisch eins miteinander, glaube ich, wie Don Quijote und Sancho Pansa. Da hat er sich und mich auf eine klassische Ebene emporgehoben, von der Art, wie der norwegische Dichter Wergeland sie beschreibt:

> So folgt der Tod dem Glücklichen streng als Gebieter;
> Wer aber glücklos ist, dem ist er wie ein Diener,
> Erbötig stets, dem Herrn Mantel und Maske
> abzunehmen.

Als ich die Einrichtungsgegenstände im Haus sämtlich verkauft hatte, wurden die holzgetäfelten Räume förmlich zu Schallböden. Ließ ich mich auf einer von den Kisten nieder, in denen das Wegzuschickende verpackt war (denn anderes Mobiliar besaß ich nun nicht mehr), dann schollen Stimmen und Melodien von ehedem durch den großartig kahlen Raum: konzentriert, deutlich. Wenn während dieser Monate ein Besucher auf die Farm kam, stand Farah stattlich bereit und hielt die Tür zu den leeren Zimmern auf, als wäre er Türhüter in einem Kaiserpalast.

Kein Freund, Bruder oder Liebhaber, kein Nabob auch, der mir unversehens den Geldbetrag gereicht hätte, den ich brauchte, um die Farm zu halten, hätte das an mir tun können, was mein Diener Farah damals an mir tat. Auch wenn ich sonst nichts hätte, wofür ich ihm dankbar sein muß – aber das habe ich wahrhaftig, und mehr, als ich hier niederschreiben kann –, so müßte ich ihm doch um dieser Monate willen noch jetzt, dreißig Jahre danach, und so lange ich lebe, Schuldnerin sein.

Barua a Soldani

Leser meines Buches »*Afrika, dunkel lockende Welt*« erinnern sich vielleicht, wie ich an einem Neujahrsmorgen vor Sonnenaufgang – während die Sterne, schon im Begriff sich davonzustehlen und im Himmelsgewölbe aufzugehen, eben noch wie große leuchtende Tropfen oben hafteten, und die Luft noch die seltsame Durchsichtigkeit und Tiefe, quellwasserähnlich, der afrikanischen Morgendämmerung bewahrte – zusammen mit Denys Finch-Hatton und seinem Kikuju-Chauffeur Kanuthia auf einer sehr schlechten Straße im Masai-Reservat fuhr und dort einen Löwen auf einer toten Giraffe schoß.

Später wurden Denys und ich beschuldigt, wir hätten die Giraffe erschossen, was nach den Jagdgesetzen verboten ist. Die Abteilung Jagdwesen erteilte einem im Jagdschein das Recht, von dem und dem Wild die und die Kopfzahl zu jagen, zu schießen und als Beute an sich zu nehmen – wobei ich mir oft die Frage habe durch den Kopf gehen lassen, mit welchem Recht die Abteilung Jagdwesen derlei Recht erteilen mochte –, die Giraffe aber war nicht eingeschlossen. Löwen dagegen durfte man in einem Umkreis von dreißig Meilen um eine Farm jederzeit schießen. Kanuthia konnte schließlich unsere Aussage bestätigen, daß die Giraffe schon einen oder zwei Tage tot gewesen war, als wir an den Ort kamen.

Ich weiß nicht, ob es wirklich der Löwe war, der die Giraffe getötet hatte. Löwen töten, indem sie ihren Opfern das Genick brechen, und bei der Überlegung, wie hoch Giraffenschultern und so ein Giraffenhals sind, ist die Sache nicht sehr wahrscheinlich. Auf der anderen Seite sind Kraft und Entschlossenheit eines Löwen unglaublich groß, und Jäger haben mir feierlich versichert, sie hätten gesehen, wie Giraffen von Löwen getötet wurden.

Die Kätnersleute auf meiner Farm hatten mir während des letzten Vierteljahrs das Haus eingelaufen mit der Bitte, einen Löwen *»mbaya sana«* – einen sehr schlimmen – zu schießen, der ihren Herden nachstellte und ihnen keine Ruhe ließ. Der Löwe, auf den ich an diesem Morgen stieß und der, auch als wir nah herankamen, auf dem Rücken seiner Beute sitzen blieb, völlig hingegeben und förmlich eins geworden mit seinem Fraß, und sich nur unmerklich in der diesigen Luft bewegte, er konnte sehr wohl das gesuchte Mordtier sein, der Urheber von so viel Leid um wertvolle Kühe und Ochsen. Wir waren etwa zwanzig Meilen von der Grenze der Farm entfernt, aber das ist keine Entfernung, die für einen Löwen etwas bedeutet. Wenn es wirklich der Gesuchte war, sollte ich ihn dann nicht schießen, wo er mir selbst die Chance gab? Kanuthia brachte den Wagen zum Stehen, und Denys flüsterte mir zu: »Diesmal schieß du!« Ich hatte meine Büchse nicht dabei; er gab mir die seine. Ich mochte nie gern mit seiner Büchse schießen, sie war zu schwer und namentlich zu lang für mich. Aber mein alter Freund, Onkel Charles Bulpett, hatte mir eingeschärft: »Wenn ein Mensch Freude findet an einer schönen Melodie und will sie nicht lernen, an einer schönen Frau und will sie nicht besitzen, an einem kapitalen Stück Wild und will es nicht schießen – der hat kein Menschenherz.« So war also der Schuß damals, vor Tagesanbruch, in Wahrheit eine Liebeserklärung – und mußte dann nicht auch die Waffe von allererster Qualität sein?

Überhaupt kann man sagen, daß Jagen stets eine Liebesangelegenheit ist. Der Jäger ist verliebt in das Wild; echte Jäger sind wirkliche Tierfreunde. Während der Stunden der Jagd aber ist der Waidmann mehr als das; er ist vernarrt in das Stück Wild, das er anpirscht und sich zur Beute machen will – nichts anderes sonst existiert für ihn auf der Welt. Nur wird die Vernarrtheit im allgemeinen etwas einseitig sein. Die Gazellen und Antilopen und das Zebra, die du auf einer Safari schießt, um Fleisch für deine Träger zu bekommen, sind allesamt scheue Tiere; sie machen sich rar und haben eine ganz eigene Art, einem vor den Augen in nichts zu vergehen, so daß der Jäger Wind und Gelände mit in Rechnung stellen und sich langsam und lautlos an sie anschleichen muß, ohne daß sie die Gefahr gewahr werden. Es ist eine schöne und faszinierende Kunst, im Geiste jenes Meisterwerks von meinem Landsmann Sören Kierkegaard – »Das Tagebuch des Verführers« –, und sicher schenkt es dem Jäger auf seine Weise Augenblicke dramatischer Spannung und Gelegenheit zur Anwendung von List und Geschicklichkeit und zur Selbstzufriedenheit. Trotzdem ist für mich diese Art von Jagd nie das Richtige gewesen. Auch das Großwild übrigens, das man nur unter Gefahren jagt, der Büffel etwa oder das Rhinozeros, greift äußerst selten an, wenn es nicht angegriffen wird oder sich angegriffen glaubt.

Elefantenjagd ist ein Sport ganz eigener Art. Der Elefant, als das einzige Stück Großwild, das seit Jahrhunderten aus Gewinnsucht gejagt wurde, hat im Laufe der Zeit den Menschen in sein Weltbild aufgenommen, und zwar im Sinne tiefen Mißtrauens. Unsere Annäherung ist für ihn eine Herausforderung, die er niemals unbeachtet läßt; ganz unaufgefordert geht er auf uns los, rasch und aufrecht, ein ragender, alles überwuchtender Turm von einem Körper, massiv wie Gußeisen und dabei behende wie fließendes Wasser. »Und wenn er sich aufrichtet zu seiner Höhe, da erschrecken auch die Starken.« Waagrecht stellen sich seine Ohren wie Drachenflügel, so daß er eine groteske Ähnlichkeit mit dem Schoßhündchen bekommt, das man Papillon nennt; und sein mächtiger Rumpf, in Falten gelegt wie eine Ziehharmonika, fährt über uns her wie eine geschwungene Geißel. Es ist eine Begegnung voller Leidenschaftlichkeit auf beiden Seiten, aber für ihn ist kein Vergnügen bei dem Abenteuer, ihn treibt gerechter Grimm, und er trägt eine alte Familienfehde aus.

In sehr alten Tagen führte der Elefant auf dem Dach der Erde ein Dasein, nicht nur tief befriedigend für ihn, sondern auch geeignet, dem Rest der Schöpfung als Beispiel vor Augen gehalten zu werden: das Dasein eines durch Macht und Stärke über jedermanns Angriff erhabenen Wesens, das dennoch keinen andern überfiel. Der großartige und zugleich idyllische *modus vivendi* dauerte, bis ein alter chinesischer Maler eines Tages dahinterkam, wie köstlich sich Elfenbein als Hintergrund für seine Malereien ausnahm, oder eine junge Tänzerin aus Sansibar, wie schön ihr ein elfenbeinerner Knöchelreif stehen würde. Von da an begannen sie ihn von allen Seiten zu umschwärmen: kleine, lästige Gestalten rings in der Landschaft, nah und immer näher. Der Wanderobo mit seinen vergifteten Pfeilen, der arabische Elfenbeinjäger mit seinem langen silberbeschlagenen Vorderlader, und der professionelle weiße Elefantentöter mit seiner schweren Büchse. Die lebende Offenbarung von Gottes Ehre ward umgewandelt in ein Ausbeutungsobjekt. Wen will es da noch wundernehmen, daß er uns nicht verzeihen kann?

Und doch ist immer etwas Großmütiges an den Elefanten. Ein Nashorn in sein Revier zu verfolgen, ist ein schwieriges Geschäft; die freie Spur, die das Tier im Dornendickicht bricht, ist gerade um ein weniges zu niedrig für den Jäger, und er muß die ganze Zeit seinen Kopf gebückt tragen. Der Elefant dagegen trampelt bei seinem Marsch durch dichten Wald bedächtig einen grünen, starkriechenden Durchgang frei, luftighoch wie das Schiff einer Kirche. Ich bin einmal über vierzehn Tage lang hinter einer Elefantenherde hergewesen und dabei ununterbrochen auf schattigen Wegen gegangen – (ganz am Ende erst hatte ich, auf der Höhe eines steilen Hügels und während ich selbst in voller Deckung war, unvermutet den ganzen Trupp im Gänsemarsch zu meinen Füßen. Ich tötete keinen von ihnen, und später waren sie auf Nimmerwiedersehen verschwunden). Es liegt auch schon eine moralisch erhebende Kraft im bloßen Anblick eines Elefanten: ich erinnere mich, wie ich einmal auf der Hochebene vier Elefanten mitsammen einherschreiten sah, da hatte ich ganz zwingend das Empfinden, daß sich mir hier schwarze Steinplastiken der vier großen Propheten vorgestellt hatten. Auf dem Schachbrett zieht der Elefant, in gerader Linie, unwiderstehlich einher. Und in Dänemark ist die höchste Auszeichnung der Elefantenorden.

Eine Löwenjagd andererseits ist jedes einzelne Mal eine Angelegenheit von vollendeter Harmonie, erfüllt von einer tiefen, brennenden gegenseitigen Begierde und zugleich Ehrfurcht zwischen zwei gradsinnigen und von keinem Angstkomplex besessenen Geschöpfen, sozusagen auf derselben Wellenlänge. Ein Löwe auf der Hochebene zeigt mehr Ähnlichkeit mit dem steingemeißelten Löwen auf den alten Denkmälern als mit dem Tier, das man heutzutage im Zoologischen Garten sieht; sein Anblick geht einem mitten durchs Herz. Dante kann nicht tiefer bewegt und betroffen gewesen sein, als er Beatrice zum erstenmal in Florenz auf der Straße sah. Wenn ich so in die Vergangenheit zurückblicke, kann ich mich, glaube ich, an jeden einzelnen Löwen erinnern, den ich gesehen habe – wie er ins Bild tritt, das langsame Heben oder auch das schnelle Schütteln des Kopfes, und dann das seltsame, an Schlangen erinnernde Schlagen mit dem Schwanz. Lob sei dir, o Herr, für meinen Bruder, den Löwen, als welcher ist von gewaltiger Ruhe, auf mächtigen Tatzen, und strömt wie ein Fluß durchs strömende Gras, mit rotem Maul, schweigend, Donnergebrüll in seiner Brust versteckt. Und auch er, wenn er meiner ansichtig wurde, mag irgendwo unter seiner königlichen Mähne ein ähnliches Tedeum haben klingen hören: Lob sei dir, o Herr, für meine Schwester aus Europa, die da jung ist und die herausgekommen ist zu mir auf die Ebene zur Nacht.

In längstvergangenen Zeiten war es der Löwe, der im Zweifelsfall als Sieger aus der Begegnung hervorging. Später haben wir uns dann so wirkungsvolle Waffen zugelegt, daß die Kraftprobe kaum noch als fair bezeichnet werden kann – obwohl mir mehr als ein Freund vom Löwen getötet worden ist. Heutzutage jagen die großen Sportsleute mit dem Photoapparat. Das bürgerte sich ein, als ich noch in Afrika war. Denys führte, gleichsam als unschuldiger Jägersmann, Millionäre aus vielen Ländern, und sie brachten herrliche Aufnahmen mit nach Hause – die freilich, nach meiner Meinung (da ich mich mit der Kamera nie habe befreunden können), mit ihrem Gegenstand weniger Ähnlichkeit hatten als die Kreidebildnisse, wie sie unsere eingeborenen Träger an die Küchentür malten. Der Photosport ist raffinierter als das Schießen, und vorausgesetzt, man könnte auch dem Löwen Geschmack an der Sache beibringen, wäre hier wirklich eine Gelegenheit, am Schluß einer hübschen platonischen Liebesaffäre ohne Mord und Totschlag sich gegenseitig eine Kußhand zuzuwerfen und auf zivilisierte Weise auseinanderzugehen. Im

Grunde verstehe ich mich nicht auf diese Kunst – mit der Büchse habe ich nicht schlecht geschossen, aber photographieren kann ich nicht.

Als ich nach Afrika kam, konnte ich anfangs nicht leben, ohne von jeder einzelnen Gattung Jagdwild dort ein schönes Exemplar zu schießen. Während meiner letzten zehn Jahre draußen aber habe ich keinen Schuß abgegeben, außer wenn ich Fleisch für meine Eingeborenen brauchte. Es wurde für mich ein Ding der Unvernunft, schien mir geradezu häßlich und vulgär, um einiger Stunden Aufregung willen ein Leben auszulöschen, das in die große Landschaft hineingehörte und in ihr zehn oder zwanzig – und im Fall von Büffeln und Elefanten sogar fünfzig oder hundert Jahre herangewachsen war. Nur Löwenjagd war für mich unwiderstehlich; ich habe meinen letzten Löwen geschossen, ganz kurz bevor ich Afrika verließ.

Wie ich also damals an dem Neujahrsmorgen, so lautlos ich konnte, aus dem Auto stieg und durch das hohe nasse Gras, das mir Hände, Büchse und Gesicht benetzte, langsam auf den Löwen zutrat, fuhr er zusammen, richtete sich auf und stand unbeweglich da, seine Schulter mir zugewandt, ein Schußziel, wie du es schöner dein ganzes Leben nicht wieder finden würdest. Die Sonne stand inzwischen dicht unterm Horizont, der Morgenhimmel hinter dem dunklen Körperumriß war hell wie flüssiges Gold. Mich überfiel das Empfinden: dich hab ich schon einmal gesehen, dich kenne ich gut. Aber woher? Da war auch schon die Antwort: es ist ein Löwe aus unserem dänischen Königswappen – einer von unseren drei dunkelblauen Löwen auf goldenem Grunde. ›*Lion posant or*‹, heißt es in der Sprache der Heraldik; das weiß auch er ganz genau. Indem ich dies dachte und mich niederließ, Denys' Büchse auf meinem Knie in Anschlag brachte und zielte, faßte ich diesen Entschluß: wenn ich diesen Löwen kriege, soll der König von Dänemark das Fell bekommen.

Der Schuß fiel, er krachte überlaut in der Morgenstille und hallte wider von den Bergen, und für mich sah es aus, als würfe es den Löwen ein paar Fuß hoch senkrecht in die Luft, bevor er niederstürzte und zusammenbrach. Er war ins Herz getroffen; es war, wie es hatte sein sollen.

In meinem Buch habe ich erzählt, wie ich dabeisaß und zuschaute, als Denys und Kanuthia den Löwen abhäuteten. Wenn ich jetzt nach so vielen Jahren zu jenem Morgen zurückdenke, scheint mir alles rundum so lebendig und hell, so schwer, mich wieder davon zu trennen. Ich wußte damals, und brauchte gar nicht darüber nachzudenken, daß ich in großer Höhe war, auf dem Dach der Welt, eine kleine Gestalt in der gewaltigen Retorte aus Erde und Luft, aber eins mit ihr. Das wußte ich nicht: daß ich auf der Höhe und auf dem Dach meines eigenen Lebens war. Das Gras auf dem Abhang, wo ich saß, war kurz wie geschorener Rasen; die Masai hatten es in breiter Fläche abgebrannt, um neue Weide für ihre Herden zu bekommen, die Luft auf der Höhe war berauschend wie Wein, die Schatten der Geier flogen über meine Füße. Von da, wo ich saß, konnte ich weit in die Ferne blicken – sehr weit entfernt, wo etwas unter mir die hohen Akazienbäume in einer Reihe standen, kamen drei Giraffen in Sicht, blieben einige Augenblicke ruhig stehen und schritten davon. Lob sei dir, o Herr, für meine Schwester, die Giraffe, als welche eine Paßgängerin ist, voller Anmut, äußerst züchtig und gleichsam nicht von dieser Welt, und hält ihr Köpfchen gar hoch überm Gras, mit langen Wimpern über den verhangenen Augen; sie ist so sehr eine Dame, daß man nicht denken mag, sie hat Beine, sondern sie schaut vor sich hin, als schwebte sie über die Steppe in langen Gewändern, Gespinsten aus Morgennebel und Spiegelung.

Es stellte sich heraus, daß der Löwe ein ungewöhnlich schönes Exemplar war, was man dortzulande einen Schwarzmähnenlöwen nennt, mit dicker dunkelhaariger Mähne, die weit über die Schulterblätter zurück wächst. Denys' Büchsenträger, der viele hundert Löwenfelle gesehen hatte, behauptete, ein so schönes sei ihm noch nie untergekommen. Da ich nun in diesem Frühjahr nach vier Jahren in Afrika einen Besuch in Dänemark machen wollte, nahm ich das Fell mit mir und ließ es unterwegs in London bei der Firma Rowland Ward zur fachmännischen Zubereitung.

In Dänemark angekommen, erzählte ich meinen Freunden, ich hätte vor, König Christian X. das Löwenfell zu schenken. Sie lachten mich aus und sagten: »Das ist die übelste Versnobtheit, die wir je gehört haben.«

»Das könnt ihr nun wirklich nicht verstehen«, antwortete ich. »Ihr habt nie lange außerhalb eures Landes gelebt.«

»Aber was soll denn der König um Himmels willen mit dem Fell tun?« fragten sie. »Er kann doch schwerlich beim Neujahrsempfang als Herkules auftreten wollen. Du wirst ihn in die größte Verlegenheit bringen.«

»Schön«, sagte ich, »wenn es den König in Verlegenheit bringt, soll er ruhig verlegen sein. Ich glaube aber nicht, daß es soweit zu kommen braucht, denn er wird schließlich in Christiansborg oder Amalienborg schon irgendeine Dachkammer haben, wo er das Ding unterbringen kann.«

Wie der Zufall es wollte, hatten Rowland Ward das Fell bis zum Herbst, als ich wieder nach Afrika ging, noch nicht fertigstellen können. Ich konnte es also dem König nicht persönlich überreichen, sondern mußte diese Ehre einem alten Onkel von mir überlassen, der Kammerherr bei Hofe war. Wenn es den König wirklich verlegen machte, so verbarg er es auf die nobelste Weise. Einige Zeit nach meiner Rückkehr auf die Farm erhielt ich einen liebenswürdigen Brief von ihm, worin er sich für das Löwenfell bedankte.

Ein Brief von zu Hause bedeutet einem Menschen, der lange Zeit fern der Heimat lebt, unter allen Umständen sehr viel. Er trägt ihn mehrere Tage lang mit sich in der Tasche herum, zieht ihn von Zeit zu Zeit hervor und liest ihn immer wieder. Ein Brief vom König vollends bedeutet natürlich noch viel mehr. Ich erhielt das Schreiben des Königs während der Weihnachtszeit, und ich malte mir aus, wie der König an seinem Schreibtisch in Amalienborg gesessen hatte und über einen weißen Amalienborg-Platz mit dem inmitten des Platzes stehenden verschneiten Reiterstandbild seines Ur-Ur-Ur-Großvaters König Friedrich V., in Perücke und klassischer Rüstung, hinausschaute. Vor kurzem noch war ich selbst ein Stück von der Kopenhagener Welt gewesen. Und jetzt steckte ich den Brief in die Tasche meiner alten Khaki-Arbeitshose und ritt damit auf der Farm aus.

Das Arbeitsvorhaben, das ich besichtigen wollte, bestand im Roden eines rechteckigen Stücks Wald. Wir wollten dort Kaffee pflanzen, etliche Meilen von meinem Haus entfernt. Ich ritt durch den Wald dahin, der noch frisch war von der kurzen Regenzeit, und spürte, daß ich nun wieder ein Stück dieser Welt Afrika war.

Eine halbe Stunde, bevor ich zu den Holzfällern hinausritt, hatte sich bei ihnen ein betrüblicher Unfall ereignet. Ein junger Kikuju mit Namen Kitau hatte nicht rasch genug ausweichen können, als ein mächtiger Baum fiel, und der Stamm hatte ihm das eine Bein zerquetscht. Schon aus der Entfernung konnte ich sein langgezogenes Wehklagen hören. Ich trieb Rouge, mein Pferd, rascher über den Waldweg. Als ich auf der Unglücksstätte ankam, hatten die Arbeitskameraden Kitau unter dem gestürzten Baum hervorgezogen und aufs Gras gelegt; dort standen sie dicht um ihn gedrängt, traten zwar auseinander, als ich herbeiritt, hielten sich aber möglichst in der Nähe, um zu sehen, wie die Katastrophe auf mich wirken würde, und um zu hören, was ich dazu zu sagen hätte.

Kitau lag inmitten einer Blutlache; sein Bein war über dem Knie zerschmettert und stand in einem grotesken, grausam anzusehenden Winkel vom Leibe ab.

Ich hieß die Holzfäller mein Pferd halten und schickte einen Läufer nach Hause zurück, Farah möge mit dem Auto herauskommen, damit ich Kitau nach Nairobi ins Krankenhaus fahren könnte. Doch war mein kleiner Ford-Kistenwagen allmählich in die Jahre gekommen; selten wollte er auf mehr als zwei Zylindern laufen, und im Grunde war er überhaupt dagegen, daß man ihn in Anspruch nahm. Mit verzagendem Herzen machte ich mir klar, daß es eine ganze Zeit dauern würde, bis der Wagen da wäre.

Während wir warteten, setzte ich mich zu Kitau. Die anderen Holzfäller hatten sich ein Stück weit zurückgezogen. Kitau litt große Schmerzen; er weinte ununterbrochen.

Ich hatte stets Morphium im Haus, für den Fall, daß man Leute mit Verletzungen zu mir auf die Farm brachte, aber jetzt hatte ich weder das Mittel noch die Spritze bei mir. Kitau hatte kaum gemerkt, daß ich bei ihm saß, als er auch schon jämmerlich zu betteln begann: »*Saidea mimi – hilf mir – Msabu!*« Und wieder: »*Saidea mimi.* Gib mir von der Medizin, die den Leuten hilft!« Ich hatte, wenn ich auf der Farm ausritt, meistens Zuckerstückchen in den Taschen für die Totos, die mit ihren Ziegen und Schafen draußen auf der Weide waren und bei meinem Anblick um *succari* bettelten. Ein paar solcher Stückchen zog ich hervor und fütterte Kitau damit. Er wollte oder konnte seine bös verschrammten Hände nicht gebrauchen und ließ es sich gern gefallen, daß ich ihm den Zucker auf die Zunge legte. Es war, als linderte diese Arznei ein wenig seine Schmerzen; sein Wehklagen dämpfte sich, während er den Zucker im Munde hatte, zu einem leisen Wimmern. Aber dann war mein Zuckervorrat zu Ende, und er fing von neuem an laut zu jammern und zu weinen, und lange krampfartige Schauder liefen durch seinen Leib. Es ist eine scheußliche Sache, bei jemand zu sitzen, der so erbärmlich leidet, und ihm nicht helfen zu können. Man möchte aufspringen und davonlaufen, oder aber, wie bei einem schwerverwundeten Tier, der Qual ein Ende machen – und einen Augenblick habe ich, glaube ich, tatsächlich nach einer Waffe zu diesem Zweck ausgeschaut. Da kam aber wieder, pünktlich wie ein Uhrwerk, Kitaus Gejammer: »Hast du nichts mehr, Msabu? Kannst du mir nichts mehr geben?«

In meiner Not fühlte ich noch einmal mit der Hand in der Tasche nach und stieß auf den Brief des Königs. »Doch, Kitau«, sagte ich, »ich habe noch etwas. Ich habe etwas *mzuri sana* – etwas ganz Ausgezeichnetes. Ich habe einen *Barua a Soldani* – einen Brief von einem König. Und das ist ja allgemein bekannt, daß ein Brief von einem König, *mokone yake* – mit eigener Hand geschrieben – allen Schmerz wegnimmt, auch den allerschlimmsten.« Damit legte ich ihm den Brief des Königs auf die Brust und preßte meine Hand darauf. Ich habe mir große Mühe gegeben – da draußen im Wald, wo Kitau und ich gewissermaßen ganz allein waren –, meine ganze Kraft in den Druck meiner Hand zu legen. Seltsamerweise schienen meine Worte oder meine Bewegung fast unmittelbar eine Wirkung auf ihn auszuüben. Sein schrecklich verzerrtes Gesicht glättete sich, und er schloß die Augen. Nach einer Weile schlug er sie wieder auf und blickte mich an. Seine Augen glichen so sehr denen eines kleinen Kindes, das noch nicht sprechen kann, daß ich förmlich erstaunt war, als er mich anredete: »Ja«, sagte er, »es ist *mzuri*«. Und wieder: »Ja, es ist *mzuri sana*. Laß es da liegen.«

Als der Wagen endlich kam und wir Kitau aufgeladen hatten, wollte ich meinen Platz am Steuer nehmen, aber als er das merkte, arbeitete er sich sogleich in eine ungeheure Erregung hinein. »Nein, Msabu«, sagte er. »Farah kann chauffieren, du sollst es ihm sagen. Du sollst neben mir sitzen und mir den Barua a Soldani auf die Brust halten wie vorhin, sonst kommt der böse Schmerz sofort wieder.« Also setzte ich mich auf die Bretter neben ihm und hielt den ganzen Weg bis nach Nairobi den Brief des Königs an der richtigen Stelle. Als wir im Krankenhaus ankamen, schloß Kitau wieder die Augen und hielt sie zugedrückt, als wollte er sich weigern, weitere Eindrücke in sich aufzunehmen. Doch hielt er sich mit der linken Hand an mir fest und vergewisserte sich, daß ich bei ihm war, während ich mit dem Arzt und der Oberschwester verhandelte. Sie ließen es wahrhaftig zu, daß ich bei ihm blieb, als er auf die Bahre gehoben, ins Klinikgebäude getragen und auf den Operationstisch gelegt wurde, und solang er unter meinen Augen blieb, hielt er still.

Es sei hier gleich berichtet, daß sie ihm im Krankenhaus sein gebrochenes Bein tatsächlich wieder in Ordnung brachten. Als er herauskam, konnte er gehen, wenn er auch immer noch ein wenig hinkte.

Es sei ferner berichtet, was ich später in Dänemark vom König selbst erfahren habe: daß mein Löwenfell einen höchst ehrenvollen Platz im Zeremoniensaal von Schloß Christiansborg erhalten hatte, mit einem Eisbärenfell auf der gegenüberliegenden Seite des Throns.

Bei den Kätnern auf der Farm aber verbreitete sich von nun an gewaltig das Gerücht, daß ich diesen Barua a Soldani besäße, diesen Königsbrief mit wundertätiger Kraft. Einzeln kamen sie geheimnistuerisch bei mir im Hause angetrabt, um sich näher danach umzuhören – zuerst die alten Weiber, mit wichtigem Gegicks und Gegacks wie alte Hennen, wenn sie affektiert die Hälse drehen, um ein Korn für die Jungen zu finden. Bald gewöhnten sie es sich an, diejenigen ihrer Kranken, die arge Schmerzen hatten, bei mir anzuschleppen, auf daß ihnen der Brief aufgelegt würde und sie eine Weile Erleichterung fänden. Später verlangten sie mehr. Sie verlangten, sich den Brief des Königs für den Tag oder auch für einen Tag und eine Nacht auszuborgen und in ihre Hütte mitzunehmen, zur Linderung für eine im Sterben liegende alte Großmutter oder ein von Schmerzen geplagtes kleines Kind.

Der Barua a Soldani wurde unter meinem Arzneivorrat von allem Anfang an aufs genaueste und strengste in eine eigene Kategorie eingereiht. Das war ein von den Eingeborenen selbst gefaßter Beschluß, ohne daß ich auch nur einen Gedanken darauf verwendet hätte. Der Brief befreite mit Sicherheit von jedem Schmerz, in dieser Eigenschaft war er unfehlbar, und kein Weh und Ach hielt ihm gegenüber stand. Er durfte aber ausschließlich in äußersten Notfällen in Anspruch genommen werden.

Von Zeit zu Zeit kam es allerdings vor, daß ein Patient mit schweren Zahnschmerzen sich in seinem Elend an mich heranmachte, ich möchte ihn den Barua a Soldani haben lassen. Ein solches Ansinnen rief bei den Nachbarn regelmäßig ernste Mißbilligung und Entrüstung oder wohl auch ein hochmütiges, verächtliches Gelächter hervor. »Was, du?«, schrien sie dem Bittsteller entgegen, »mit dir ist doch gar nichts los, ein schlechter Zahn und sonst nichts! Du kannst ja zum alten Juma Bemu hinuntergehen und ihn dir ausreißen lassen. Was, dafür möchtest du den Brief vom König haben? Nein – aber da liegt doch der alte

Kathegu todkrank in seiner Hütte, seit Wochen mit schlimmen Schmerzen in seinem Bauch, und wird heute nacht sterben. Sein kleiner Enkel ist heraufgekommen und möchte von Msabu bis morgen Barua a Soldani für ihn haben. Ihm wird sie's geben.« Ich hatte mir längst für den Königsbrief einen Lederbeutel mit Schnur machen lassen. Der kleine Toto, der stramm auf der Terrasse aufgepflanzt stand, bekam das Wundermittel sorgsam in die Hand gedrückt, hängte es sich um den Hals und strolchte von dannen, die Hände sorglich um den Schatz gelegt. Am nächsten Morgen stand er ebenso stramm wieder vor dem Hause aufgebaut. Ja, der Großvater sei mit Sonnenaufgang gestorben, aber Barua a Soldani habe ihm gut geholfen die Nacht über.

Ich habe diese besondere Haltung, oder soll ich sagen diese besondere Denkweise auch in anderen Angelegenheiten bei den schwarzen Menschen erlebt. Sie standen in einer besonderen Beziehung zu den Wegen und Umständen des Lebens. Es gibt Dinge, die man tut, und andere Dinge, die man nicht tun kann, und dieser Gesetzlichkeit fügten sie sich und nahmen hin, was geschah, mit einer Art von hochmütig distanzierter Demut oder von Stolz.

Als Fathima, Farahs Frau, ihr erstes Kind bekommen sollte, war sie sehr schlecht daran, und ein paar Stunden lang hatten die Leute in ihrer Umgebung und sogar ihre Mutter sie beinahe aufgegeben. Die Mutter, eine ehrfurchtgebietende Gestalt in meinem Personal, hatte Vorsorge getroffen, daß etwa ein Dutzend Somalidamen aus den ersten Familien von Nairobi anwesend sein sollten. Sie erschienen auf zweiräderigen Mauleselkarren, sehr hübsch und lebhaft anzusehen, eine Gesellschaft wie auf alten persischen Bildern, mit ihren langen, weitgeschnittenen Röcken und Schleiern, der Bedeutung des Augenblicks teilnahmsvoll bewußt. Die Wogen einer durchaus weiblichen Welt schlossen sich über Farahs Haus, in schicklicher Entfernung von den Hütten meines männlichen Hauspersonals. Farah selbst, todernst und in einer Weise verschüchtert, wie ich ihn nie gesehen hatte, war zusammen mit sämtlichen anderen Mannspersonen meines Haushalts auf einen Bannkreis von guten hundert Metern außer Hauses verwiesen. Die Weiber heizten zunächst einmal in dem Raum, wo die Geburt stattfinden sollte, mit Holzkohlenbecken aufs unerträglichste ein und dickten die Luft mit Kindsbettweihrauch. Ich setzte mich, kaum meiner Sinne mächtig, eine Zeitlang mit dazu, nicht weil ich mir einbildete, auch nur das geringste helfen zu können, sondern weil mir mein Gefühl sagte, es gehöre sich so und würde von mir erwartet.

Fathima war ein entzückendes junges Geschöpf mit großen dunklen Augen wie ein Waldtier und so schmal, daß man sich wunderte, wo sie überhaupt ein Kind tragen sollte; schmiegsam in jeder Bewegung und im täglichen Leben stets zu Spaß und Gelächter aufgelegt. Sie tat mir leid in diesem Augenblick. Die braven Hebammen waren um sie bemüht; sie beugten und streckten sie und stießen sie von Zeit zu Zeit mit den Fäusten ins Kreuz, als wollten sie das Kind herausboxen. Solange ich anwesend war, sah ich sie nur eine einzige Arznei verabreichen: eine Art Oberschwester unter ihnen brachte eine irdene Schüssel zum Vorschein, auf deren Innenseite ein heiliger Mann aus der Stadt mit Holzkohle einen Korantext geschrieben hatte. Dieser Text wurde sorgfältig mit Wasser abgewaschen und das Wasser der in Wehen liegenden jungen Frau in den Mund geträufelt.

Dieses große Ereignis auf der Farm begab sich zu der Zeit, als der Prinz von Wales – der jetzige Herzog von Windsor – auf seiner ersten Besuchsreise im Lande war. Unter den Feierlichkeiten ihm zu Ehren war auch ein *Con-*

cours Hippique in Nairobi, und für die Springkonkurrenz hatte ich meinen kleinen Iren Poor-Box genannt – das Pferd befand sich zur Zeit in Limoru im Training. Inmitten des Wirrwarrs ringsum und während die Dinge in der Wochenstube völlig hoffnungslos aussahen, kam mir plötzlich in den Sinn, daß ich versprochen hatte, für den Gaul einen Sack Hafer hinüberzubringen, daß ich mich also auf ein paar Stunden verabschieden mußte. Ich fuhr in trüber Stimmung los; Kamante saß mit mir im Auto.

Auf dem Rückweg von Limoru kam ich bei der Französischen Mission vorüber, und es fiel mir ein, daß mir die Patres schon seit längerer Zeit eine bestimmte Sorte Salatsamen aus Frankreich versprochen hatten. Als ich anhielt, wandte sich Kamante, der während der Fahrt kein Wort gesprochen hatte, an mich. Fathima war eine große Favoritin von ihm; sie war der einzige Mensch, für dessen Verstandesgaben ich ihn je so etwas wie Respekt hatte äußern hören. »Gehst du in die Kirche«, fragte er, »und bittest die Dame da drin, deine Freundin, daß sie Fathima hilft?« Die Dame in der Kirche, meine Freundin, war die Jungfrau Maria, deren Statue Kamante gesehen hatte, als er mich an Weihnachten zur Mitternachtsmette begleitete. Ich konnte nicht gut ablehnen, bejahte also seine Frage und ging, bevor ich mich ins Refektorium begab, in die Kirche. Drinnen war es kühl, und die höchst ordinäre Biskuitfigur der Jungfrau, mit ihrer Lilie in der Hand, hatte in ihrem Gesicht einen unbestimmt tröstlichen und hoffnungsvollen Ausdruck.

Als ich nach Hause zurückkam, war Fathimas Kind geboren, und sie selbst befand sich wohl. Ich beglückwünschte die Mutter und Farah in seiner Verbannung im Walde. Der kleine Junge, der an diesem Tag zur Welt kam, war Ahamed, genannt Saufe, welcher später zu einer bedeutenden Gestalt auf der Farm heranwuchs. Kamante sagte zu mir: »Siehst du, Msabu, es war gut, daß ich dich erinnert habe, du solltest die Dame, deine Freundin, bitten, daß sie Fathima hilft.«

Nun hätte man meinen sollen, daß Kamante angesichts seiner Kenntnis von meinem Vertrauensverhältnis zu einer dergestalt mächtigen Person auch bei anderer Gelegenheit darauf zurückgekommen wäre und mich veranlaßt hätte, davon Gebrauch zu machen. Dies war nie der Fall. Es gibt eben Dinge, die man tut, und andere Dinge, die man nicht tun kann. Und wir, die wir die Gesetze kennen, müssen uns danach verhalten. Auf der anderen Seite versuchten meine Kätner im Lauf der Zeit mehr über den König aus meinem eigenen Heimatland herauszubekommen, der mir den Brief geschrieben hatte. Sie fragten mich, ob er auch hübsch groß sei, und standen dabei, denke ich, noch unter dem Eindruck der Persönlichkeit des Prinzen von Wales, der auf der Farm zu Tisch gewesen war und bei dem sie sich darüber verwundert hatten, daß eine so außerordentlich mächtige Person so schlank und schmächtig sein konnte. Zu meiner Freude konnte ich wahrheitsgemäß erwidern, es gebe keinen größeren Mann im ganzen Königreich als meinen König. Sodann wollten sie wissen, ob das Pferd, auf dem er ritt, noch mehr *kali* – noch wilder – sei als mein Reitpferd Rouge. Ferner: ob er auch viel lache. Das ist ein Punkt, der in den Beziehungen der Eingeborenen zu uns wohl immer eine wichtige Rolle spielte. »Dein *kabilla* – dein Stamm«, sagten sie zu mir, »ist verschieden von dem der anderen Weißen. Du wirst nicht zornig mit uns wie sie. Du lachst über uns.«

Den Brief vom König habe ich noch. Er ist aber unleserlich geworden, braun und steif von Blut und undefinierbarem Zeug aus alter Zeit.

In einem Schaukasten im Rosenborgmuseum in Kopenhagen kann der Reisende ein Stück gelbes Tuch mit lohbraunen Flecken darauf sehen. Es ist das Taschentuch König Christians IV., das sich der König in die Augenhöhle preßte, als ihm während der Seeschlacht von Kolberger Heide vor dreihundert Jahren eine Schwedenkugel das Auge zerschmetterte. Ein dänischer Dichter des vorigen Jahrhunderts hat über diese stolzen, erhebenden Spuren eine begeisterte Ode geschrieben.

Das Blut auf meinem Blatt Papier hat nichts Stolzes, nichts Erhebendes. Es ist das Blut eines stummen Volkes. Die Schrift darauf aber ist und bleibt die Schrift eines Königs – *mokone yake*. Keine Ode wird über meinen Brief geschrieben werden, und doch ist er, glaube ich, heute schon Geschichte, so gut wie das Erinnerungsstück in Rosenborg. Es ist darin, in Papier und Blut, ein Bund unterzeichnet zwischen Europäern und Afrikanern – und schwerlich möchte es geschehen, daß noch einmal ein ähnliches Dokument solcher Beziehung kann aufgezeichnet werden.

Die große Geste

Bei den Kätnern auf der Farm genoß ich als Heilkünstlerin keinen geringen Ruf; mitunter kamen Patienten sogar aus Limoru und Kijabe, um sich von mir beraten zu lassen. Zu Beginn meiner ärztlichen Laufbahn hatte ich mit ein paar Behandlungen unverschämtes Glück gehabt; das ließ meinen Namen in den Manyattas widerklingen. Später hatte ich auch einige schlimme Fehler gemacht, an die ich auch heute nicht ohne Entsetzen zurückdenken kann; das schien aber an meinem Prestige nicht zu zehren, manchmal hatte ich das Gefühl, als ob die Leute es sogar besonders an mir schätzten, daß ich nicht unfehlbar war. Dieser Zug äußert sich bei den Afrikanern verschiedentlich in ihrem Verhältnis zu den Europäern.

Meine Sprechstunde dauerte ungefähr von neun bis zehn; als Sprechzimmer diente die gepflasterte Terrasse auf der Ostseite meines Hauses.

An den meisten Tagen beschränkte sich meine Tätigkeit darauf, daß ich die Kranken ins Spital nach Nairobi oder ins Krankenhaus der Schottischen Mission nach Kikuju fuhr; beides waren gute Kliniken. Fast immer gab es irgendwo im Bezirk einzelne Pestkranke; in diesem Fall war man verpflichtet, die Kranken im Pestkrankenhaus in Nairobi einzuliefern, sonst wurde einem die Farm unter Quarantäne gestellt. Ich hatte keine Angst vor der Pest, denn ich hatte mir sagen lassen, daß man an dieser Krankheit entweder stürbe oder kerngesund wieder aufstünde; außerdem kam es mir äußerst vornehm vor, an einer Krankheit zu sterben, der Päpste und Königinnen erlegen waren. Ebenso gab es fast immer Pocken in der Gegend, und davor hatte ich nun wirklich Angst, wenn ich die alten und jungen Gesichter ringsum betrachtete, die von der Krankheit lebenslänglich gestanzt waren wie Fingerhüte. Dieser Krankheit gegenüber bestanden strenge Regierungsvorschriften, die uns zu häufigen Impfungen verpflichteten. Was die anderen Erkrankungen anging, wie Hirnhautentzündung oder Typhus, so war ich immer – ob ich die Patienten nun nach Nairobi fuhr oder draußen auf der Farm selbst zu heilen versuchte – fest davon überzeugt, daß ich mich nicht anstecken würde; ich weiß nicht, war es ein Glaube aus Instinkt, oder vielleicht ein Schutz in sich selbst. Der erste *Sais*, den ich auf der Farm hatte, Malindi – ein Zwerg, aber ein großer Mann als Pferdepfleger –, starb an Meningitis buchstäblich in meinen Armen.

So hatte mein eigenes ärztliches Eingreifen meist nur mit den leichteren Unglücksfällen an Ort und Stelle zu tun – Knochenbrüchen, Schnitt-, Schürf- und Brandwunden – oder mit Husten, Kinder- und Augenkrankheiten. Zu Beginn wußte ich nicht viel mehr, als was man in einem Kurs für Erste Hilfe lernt. Meine spätere Kunstfertigkeit erwarb ich größtenteils durch Versuche an den Patienten selbst; der Arztberuf ist ja höchst demoralisierend. Ich wagte mich etwa ans Einrichten eines gebrochenen Arms oder Knöchels mit einer Schiene, wobei ich mich während der ganzen Operation vom Patienten beraten ließ, der die Sache wahrscheinlich auch allein hätte bewerkstelligen können, sich aber ein Vergnügen daraus machte, mich in Arbeit zu setzen. Mehrfach versuchte ich mich in meinem Ehrgeiz an Unternehmungen, die ich später aufgeben mußte. So wollte ich meinen Patienten unbedingt Salvarsan geben – das in jenen Tagen ein verhältnismäßig neues Heilmittel war und in großen Dosen verabreicht wurde –; obwohl aber meine Hand mit der Büchse völlig sicher war, wurde sie unruhig, wenn ich mit der Spritze eine intravenöse Injektion geben sollte. Ruhr konnte ich im allgemeinen mit kleinen, oft wiederholten Gaben von Bittersalz in Schach halten und Malaria mit Chinin. Gerade im Zusammenhang mit einem Malariafall aber bin ich der Gefahr, zur Mörderin zu werden, am nächsten gekommen.

Eines Tages zu Beginn der großen Regenfälle kam Berkeley Cole auf seinem Weg nach Nairobi vom Hochland her auf der Farm vorbei. Kurz darauf erschien Juma mit der Kunde, draußen sei ein alter Masaihäuptling mit Gefolge und bitte um Arznei für einen seiner Söhne, der offenbar – den angegebenen Symptomen nach – an Malaria erkrankt sei.

Die Masai waren meine Nachbarn; wenn ich über den Fluß ritt, der die Grenze meiner Farm bildete, war ich in ihrem Reservat. Doch waren sie keineswegs immer anzutreffen. Sie treckten mit ihren großen Viehherden von einem Ende des Weidelandes – das etwa so groß war wie Irland – zum anderen, wie Regenfälle und Weidemöglichkeiten es geboten. Wenn sie von neuem in meine Richtung zogen und für einen bestimmten Zeitraum ihre Hütten aus Kuhhaut aufschlugen, gaben sie mir Nachricht, und ich ritt zu einem Besuch zu ihnen hinüber.

Wäre ich an dem Nachmittag allein gewesen, so wäre ich hinausgegangen, um den Fall mit dem alten Häuptling zu besprechen, hätte ihm das Chinin gegeben und das Neueste über die Masai von ihm erfahren. Nun war aber Berkeley, ausgedörrt von der Fahrt und belebt von ein paar Gläschen Alkohol, in einer seiner köstlich übersprudelnden Stimmungen und unterhielt mich mit seinen berühmten Geschichten aus Alt-Irland, und so blieb ich bei ihm sitzen. Ich drückte die Schlüssel zum Medizinschrank Kamante in die Hand, der auf der Farm als höchst anstelliger Famulus des Herrn Doktors wirkte und unseren Patienten unzählige Male Chinin ausgeteilt hatte, und gab ihm den Auftrag, er solle dem Vater des kranken Jungen die Tabletten vorzählen und ihm einschärfen, dem Sohn am Abend zwei davon zu geben und im Lauf des nächsten Tages sechs. Abends aber nach dem Essen, als Berkeley und ich am Kamin meine eben aus Europa eingetroffenen Petruschka-Platten hörten, stand von neuem Juma in der Tür, ein unheilverkündender Geist im langen weißen Kansu, und teilte mir mit, der alte Masai mit etlichen seines Volks sei wieder da. Sein Sohn sei, nachdem er meine Medizin genommen hatte, erst richtig krank geworden und habe entsetzliche Leibschmerzen. Ich rief den Masaihäuptling herein und entdeckte, daß es ein alter Bekannter von mir war. Auch den Sohn kannte ich gut; er hieß Sandoa, wie der berühmte Masaihäuptling. Er war vor zwei Jahren Moran geworden; von ihm hatte ich den Gebrauch von Pfeil und Bogen gelernt. Eingedenk, daß selbst bei den intelligentesten Eingeborenen unerklärliche Anfälle von Schwachsinn vorkamen, ließ ich Kamante wecken und befahl ihm, mir die Schachtel zu zeigen, aus der er das Chinin genommen hatte. Es war Lysol.

Berkeley sagte: »Da müssen wir wohl gleich hinüber.« Es regnete aber in Strömen, der Weg über die Brücke von Mbagathi war unter diesen Umständen nicht zu benützen, und es hatte überhaupt keinen Sinn, mit dem Wagen zu fahren; wir würden vielmehr den Abkürzungsweg zu Fuß über den Fluß nehmen müssen. Ich suchte Bikarbonat und Öl hervor, mein gewöhnliches Heilmittel gegen Verätzungen, und wir nahmen zwei Boys mit Sturmlampen mit. Die Masai hatten ebenfalls Lampen mitgebracht. Der Abstieg zum Fluß im hohen nassen Busch und durch das lange triefende Gras war steil und steinig, aber die Masai kannten einen besseren Weg als den, den ich zu reiten pflegte, und als wir schließlich an den vom Regen hochangeschwollenen Fluß kamen, trugen sie mich hinüber.

Unterwegs hatte niemand von uns gesprochen. Als wir nun auf der anderen Seite des Flusses den steilen Abhang zum Masai-Reservat emporklommen, sagte ich zu Berkeley: »Wenn Sandoa tot ist, bis wir ankommen, geh ich nicht auf die Farm zurück. Ich bleibe bei den Masai. Das heißt, wenn sie mich haben wollen.« Ich bekam keine Antwort von Berkeley; nur, im nächsten Augenblick, einen jähen, wilden, unsäglich groben Fluch ins Gesicht geschrien. Er war im selben Augenblick mit dem Fuß in die lange Marschsäule eines *Siafu*-Volks getreten. Die *Siafu* sind die allgemein gefürchteten, menschenfressenden afrikanischen Ameisen – die einen, wenn nichts unternommen wird, bei lebendigem Leib verzehren. Wenn die Siafu sich meinen Hunden nachts in ihrer Hütte in das Fell setzten, fingen diese in ihrer Not jämmerlich zu heulen an, bis man herbeistürzte und ihnen half. Meiner Freundin Ingrid Lindström in Njoro wurde einmal ihr gesamter Truthühnerbestand von den Mördern aufgefressen. Sie treiben sich meistens bei Nacht und in der Regenzeit herum. Wenn die Siafu über dich herfallen, bleibt dir nichts übrig, als die Kleider vom Leib zu reißen und dir von der nächsten zur Hand befindlichen Person die Biester aus dem Fleisch klauben zu lassen. Als ich mich umwandte, um nachzusehen, was mit Berkeley los war, sah ich ihn inmitten der grenzenlos schwarzen afrikanischen Nacht und der Masaisteppe mit bis zu den Absätzen heruntergezogenen Hosen; seine Füße stampften, als ob er Wasser träte; einer von den Totos hielt eine Sturmlampe hoch, und der andere pflückte ihm die brennenden, mörderischen Dinger von den komisch weißschimmernden Beinen.

Als wir zu dem Masai-Manyatta kamen, fanden wir Sandoa noch am Leben. Glücklicherweise, vielleicht auch auf Grund einer Eingebung, hatte er nur eine von Kamantes Tabletten genommen – möglicherweise sind auch die Eingeweide bei einem Moran aus Masaistamm ausgepichter als bei anderen Menschenkindern. Ich gab ihm das doppelkohlensaure Natron mit Öl ein, immer in dem Gefühl, daß ich vor Dankbarkeit eigentlich auf den Knien liegen müßte, und es ging ihm schon viel besser, als Berkeley und ich im grauen Morgenschein nach Hause zurückkehrten.

Schlangenbisse waren häufig, aber wenn ich auch Ochsen und Hunde dadurch verloren habe, so ist mir doch nie ein menschlicher Patient daran gestorben. Die Speikobra verursachte Schmerzen und Todesangst. Ich sehe noch die alte Kätnersfrau vor mir, wie sie vor Schmerz schreiend und blind auf mein Haus zutaumelt, nachdem ihr beim Holzschneiden im Wald die Schlange ins Gesicht gespuckt hat. Die Frau muß mit weit offenem Mund Holz gehackt haben, denn Zunge und Gaumen waren bis zum Ersticken angeschwollen und hatten eine tödlich-blaßblaue Färbung angenommen. Doch ließ sich die Wirkung des Giftes mit doppelkohlensaurem Natron und Öl lindern und verging schließlich wieder. Die Mode – ein gewisser Ehrgeiz, *comme il faut* zu sein – machte sich, wie in anderen Bezirken des Eingeborenen-Lebens, auch bei den Krankheiten auf der Farm geltend. Zu einer bestimmten Zeit galt es als wahrhaft schick, daß man zu mir ins Haus kam und Arznei gegen Würmer verlangte. Ich habe die Mischung nicht selbst versucht, die in der Flasche recht widerlich, wie grüner Schleim aussah, die Leute aber, Alte und Junge, tranken sie mit Begeisterung in sich hinein. Nach einer Weile machte ich meine Patienten darauf aufmerksam, daß ich ihnen ihr Bedürfnis nach Wurmarznei nicht mehr glaubte und daß sie, wenn sie das Zeug weiter als Aperitif zu sich nehmen wollten, es künftig selbst zu bezahlen hätten – und bereitete damit dieser besonderen Art von modischem Schnickschnack ein Ende. Jedoch stellte sich etliche Jahre später ein uralter Kätner bei mir ein und bat um die »grüne Medizin«. Seine Frau, sagte er, habe eine *nyoka* – das Wort bedeutet nichts anderes als Schlange – im Bauche: die vollführe des Nachts ein so lautes Gebrüll, daß sie beide nicht schlafen könnten. Als Bittsteller vor meiner Tür wirkte er sehr aus der Mode gekommen: der letzte Anhänger einer längst vergangenen Sitte.

So haben meine Patienten und ich immer recht verständnisvoll zusammengearbeitet. Denys behauptete, meine eigentliche Begabung sei es, einen »Salon« zu haben, so wie Madame du Deffand oder Mademoiselle de Lespinasse einen unterhielten, und auch mein Umgang mit den Eingeborenen falle unter dieses Stichwort. Ich will nicht sagen, daß er damit Unrecht hatte; jedenfalls habe ich das Gefühl, daß der »Salon« immer die beste Begegnungsstätte für zwei verschiedene Rassen ist und daß wir in unseren gegenseitigen Beziehungen nach einem Geist des Salons streben sollten. Nur ein Schatten lag über der Terrasse: der des Krankenhauses. Während meiner Frühzeit in Afrika, bis zum Ende des Ersten Weltkrieges, war dieser Schatten aber noch leicht wie der von Bäumen im Frühling. Später wuchs er und wurde dunkler.

Ein paar Jahre hatte ich auf der Farm auch das Amt des *fermier général*, des Steuerpächters, innegehabt – das heißt: ich sammelte, um der Regierung Mühe zu ersparen, die Steuern von meinen Kätnern an Ort und Stelle ein und schickte den Gesamtbetrag nach Nairobi. In dieser Eigenschaft hatte ich oft mit anhören müssen, wie die Kikuju sich beklagten, sie müßten Geld zahlen für Dinge, auf die sie lieber verzichtet hätten: Straßen, Eisenbahnen, Straßenbeleuchtung, Polizei und Krankenhäuser.

Ich bemühte mich, sie zu verstehen, und versuchte zu erfahren, wie tief ihre Abneigung gegen Krankenhäuser ging und worauf sie eigentlich zurückzuführen war, aber das war nicht leicht, denn sie wollten mir keine Auskunft geben, sondern verstummten sofort, wenn ich sie auszufragen begann, und starben sozusagen vor meinen Augen dahin, wie es Afrikaner so gut vermögen. Man muß warten und sich gedulden, bis man den rechten Augenblick findet, um diesen scheuen schwarzen Vögeln Salz auf den Schwanz zu streuen.

Sirunga war es schließlich, der mir bei einer seiner quecksilberschnellen Bewegungen eine Art Aufschluß erteilte.

Sirunga war eines von den vielen Enkelkindern meines großen Viehzüchters Kaninu; sein Vater aber war ein Masai. Seine Mutter hatte zu den hübschen jungen Mädchen gehört, die Kaninu über den Fluß weg ins Nachbarland verkaufte, aber sie war mit ihrem neugeborenen kleinen Sohn zu ihrem Vater zurückgekehrt. Sirunga war ein kleines, schmächtig gebautes Kerlchen, von einer jähen, wilden, verwehten Anmut in allen Bewegungen und einer gut dazu passenden unberechenbaren, oft förmlich verrückten Phantasie, wie ich sie in dieser Art bei keinem anderen Eingeborenenkind erlebt habe; mag sein, daß sie auf die besondere Blutmischung zurückzuführen war. Die anderen Buben hielten sich von Sirunga zurück; sie nannten ihn *Sheitani* – den Teufel – und anfangs lachte ich darüber, denn obwohl er gewiß voller Schabernack steckte, konnte Sirunga doch nur als ein sehr kleines Teufelchen gelten; später aber machte ich mir klar, daß er nach Auffassung der Buben *vom Teufel besessen* war, und seine körperliche

Winzigkeit ließ diesen Umstand noch tragischer erscheinen. Sirunga litt an Epilepsie. Ich wußte nichts davon, bis ich zufällig einen seiner Anfälle miterlebte. Ich lag auf dem Rasen vor dem Haus und unterhielt mich mit ihm und einigen anderen Totos, als er sich plötzlich kerzengerade aufrichtete und erklärte: »*Na taka kufa*« – »ich sterbe«, oder wörtlich »ich möchte sterben«, wie man auf Suaheli sagt. Sein Gesicht wurde ganz still; der Mund hatte etwas Leidendes. Die kleinen Jungen im Kreis spritzten nach allen Seiten auseinander. Der Anfall, der ihn überkam, war in der Tat schrecklich anzusehen; sein Körper steifte und verkrampfte sich, und er schäumte aus dem Mund. Ich saß da und hielt die Arme um ihn; ich hatte bis dahin nie einen epileptischen Anfall gesehen und wußte nicht, was man dagegen tat. Sirunga war höchst überrascht, als er in meinen Armen zu sich kam; er war gewohnt, alle davonrennen zu sehen, wenn ihn ein Krampf überfiel, und der dunkle Blick, mit dem er mir ins Gesicht starrte, war beinahe feindselig. Trotzdem hielt er von da an eng zu mir – ich habe bei früherer Gelegenheit von ihm geschrieben, daß er das Amt eines erfindungsreichen Hofnarren oder Spaßmachers innehatte und mir wie ein kleiner, unrastiger, schwarzer Schatten überallhin folgte. Seine ungeheuerlichen, unkontrollierten Phantasievorstellungen und Einfälle waren völlig verwirrt und höchst verwirrend auch für den, der sie anhörte. Zu einer Zeit, als wir auf der Farm eine Epidemie hatten, erklärte mir Sirunga, früher einmal – vor langer, langer, langer Zeit – seien auch alle Menschen schwer, schwer krank gewesen. Es war, Msabu, als die Sonne mit dem Mond schwanger ging – »herumlief mit dem Mond in ihrem Bauch« –, aber als der Mond heraussprang und geboren wurde, da wurden alle wieder gesund. Ich brachte sein Phantasiestück in keinen Zusammenhang mit Krankenhäusern, von denen eine solche

Universalkur schlechterdings nicht zu erwarten war. Es waren die Worte »vor langer, langer, langer Zeit«, die mir die richtige Perspektive öffneten.

Zu der Zeit, als die Eingeborenen im Hochland noch die Freiheit hatten zu sterben, wie sie wollten, verhielten sie sich nach der Sitte ihrer Väter und Mütter. Wenn ein Kikuju krank wurde, trugen ihn seine Leute auf seiner Bettstatt aus Holzpflöcken und Viehhäuten aus der Hütte ins Freie, weil eine Hütte, in der ein Mensch gestorben war, nicht wieder bewohnt werden sollte, sondern niedergebrannt werden mußte. Hier außen unter den hohen gefiederten Bäumen ließ sich die Familie im Kreise nieder und leistete dem Kranken Gesellschaft; befreundete Viehzüchter kamen zu Besuch und brachten Neuigkeiten und Tagesschwatz von der Farm mit; bei Nacht wurden auf der Erde ums Bett herum kleine Holzkohlenfeuer angezündet. Wurde der Kranke gesund, so trug man ihn in die Hütte zurück. Starb er, brachte man ihn über den Fluß hinaus auf die Steppe und überließ ihn dort der raschen und gründlichen Reinigungs- und Verschönerungsarbeit der Schakale und Geier, und der Löwen, die von den Bergen herunterstiegen.

Ich billigte diese Sitte der Eingeborenen aus ganzem Herzen, und ich beauftragte Farah – der sich meinem Plan höchst abgeneigt zeigte, denn die Mohammedaner umgeben die Gräber ihrer Toten mit Mauern und verrichten an den Grabstätten feierliche Riten –, daß, wenn ich auf der Farm stürbe, er mich auf den Spuren meiner alten Viehbauern über den Fluß in die Ferne ziehen lassen solle. Es lag so viel von der Wirklichkeit unserer Hochlandnatur in diesem *castrum doloris* draußen unter dem hohen Himmelszelt, mit seinen wilden, freien, gefräßigen Totengräbern: ein schweigendes Drama, ein stilles Späßchen fast, über das nach etlichen Tagen auch der Held der Handlung nur noch lächeln würde – und stumme Vornehmheit. Der ruhige, allumfassende Geist des Einverständnisses.

Die Regierung verbot und unterband diese altehrwürdigen Bestattungssitten, und die Eingeborenen verzichteten widerwillig darauf. Als nächstes verlegten sich Regierung und Missionen auf den Bau von Krankenhäusern, und als sie sahen, wie ungern sich die Einheimischen dort einfanden, zeigten sie sich überrascht und empört und schalten die Leute undankbar und abergläubisch oder auch feige.

Dabei fürchteten die Afrikaner Schmerzen und Tod weniger als wir, und das Leben hatte sie die Unbeständigkeit aller Dinge gelehrt; sie waren jederzeit bereit, Risiken auf sich zu nehmen. Ein alter Mann mit Kopfschmerzen fragte mich einmal, ob ich wohl in der Lage sei, ihm den Kopf abzuschneiden, das Übel herauszunehmen und ihn wieder richtig aufzusetzen, und wenn ich einverstanden gewesen wäre, glaube ich, hätte er mich den Versuch unternehmen lassen. Es waren ganz andere Dinge an uns, die den Eingeborenen gelegentlich auf die Nerven gingen.

Sie bekamen ja unsere Kultur kleingehackt verabreicht, als unzusammenhängende Teilchen eines Mechanismus, den sie nie hatten funktionieren sehen und dessen Funktionieren sie sich aus eigenem Vermögen nicht vorzustellen vermochten. Wir hatten ihnen gegenüber aus Ritus Routine gemacht. Was sie nun von allen unseren Geschenken am meisten fürchteten, war die Langeweile, und wenn man sie ins Krankenhaus brachte, muß ein Gefühl ihnen gesagt haben, daß sie nun in vollem Ernst dazu verurteilt seien, an Langeweile zu sterben.

Auch hatten sie in ihrer Natur Wurzeln, die tief in die Erde hinein und in die Vorzeit zurückreichten und, wie alle Wurzeln, Dunkelheit brauchten. Als Sirunga mir aus seinem winzigen, verwirrten Kikuju-Masai-Verstand jenen dürftigen, schiefen Schlüssel gereicht hatte – seinen Hinweis auf die Vergangenheit, »vor langer, langer, langer Zeit«, auf eine tausendjährige Vorzeit Afrikas –, da nahm ich den Fingerzeig in meinen Gedankengang auf. Wir weißen Menschen, überlegte ich, waren auf dem Holzweg, wenn wir bei unserem Umgang mit den Menschen dieses alten Erdteils deren eigene Vergangenheit vergaßen oder gar nicht in Betracht zogen und überhaupt nicht zur Kenntnis zu nehmen geruhten, daß sie auch schon dagewesen waren, ehe sie mit uns zusammentrafen. Wir hatten unser Bild von ihnen vorsätzlich einer Dimension beraubt, so daß es unseren Blicken notwendig verzerrt erschien und in seiner angeborenen Harmonie und Würde nicht mehr zu erkennen war, und dieser unser irrtümlicher Blickwinkel hatte tiefe, höchst bedauerliche Mißverständnisse zwischen ihnen und uns verursacht. Diese meine Auffassung fand ich späterhin bestätigt, als ich beobachtete, wieviel leichter weiße Menschen, denen die Vorzeit noch eine Wirklichkeit bedeutet – in deren Geist die Vergangenheit ihrer Heimat, ihres Familienstamms, ihres Wohnhauses noch natürlich lebendig ist –, wieviel leichter solche Menschen mit den Afrikanern auskamen und wieviel besser sie sie kennenlernten als jene andern, für die die Welt erst gestern erschaffen wurde oder genau gesagt an dem Tag, an dem sie ihr Auto bekamen.

So mögen die dunkelhäutigen Menschen, als der kluge Herr Doktor aus Volaia zu ihnen kam, eine Art Todesangst durchgemacht haben, ähnlich wie sie vielleicht ein Baum erleidet, wenn der eifrige Forstmann erscheint und ihm zum Zwecke der Inspektion die Wurzeln aus dem Boden zu ziehen beginnt. Ihre Herzen schraken wie in einer instinktiven tödlichen Übelkeit vor den ärztlichen Untersuchungen in den Krankenhäusern zurück, wie sie ja auch vor dem *kipanda* zurückschraken, dem Paß mit Namen und Lebensdaten des Inhabers, den die Regierung einige

Jahre später einem jeden Eingeborenen im Hochland zwangsweise ausstellte.

Wir Völker Europas, dachte ich, die wir uns nicht scheuen, die geheimsten Vorgänge in unserem Inneren zu durchleuchten, lassen die Blendlaterne unserer Zivilisation auch in diese dunklen Augen scheinen, die doch »sind wie Augen der Tauben an den Wasserbächen« (Hohes Lied Salomonis 5,12), jedenfalls völlig anders beschaffen als die unsern. Wenn wir die Afrikaner auf diese Weise lang genug verwirren und blenden, werden wir bei ihnen vielleicht am Ende eine Sehnsucht nach dem Dunkel *hervorrufen* und sie so in die Schlünde ihrer fernen, unbekannten Bergschluchten, ihrer fernen, unbekannten Seelenwelt vertreiben.

Natürlich können wir uns auch, wenn wir wollen, auf den Tag freuen, da wir sie davon überzeugt haben werden, wie verdienstreich und glückhaft das Vorhaben ist, einen ganzen Erdteil in Helligkeit zu tauchen. Dazu aber müssen wir vorher andere Augen bekommen. Die aufgeweckten, tüchtigen und ziemlich ordinären Suaheli an der Küste haben schon solche Augen.

Das Ergebnis dieser verschiedenartigen Umstände war: daß ich mich als Heilkünstlerin von Zeit zu Zeit arbeitslos fand und daß mein Sprechzimmer leer blieb.

Das begab sich am häufigsten, wenn ich zuvor einen Patienten ins Krankenhaus gebracht hatte. Zuweilen aber trug es sich auch ganz unvermutet zu, aus für mich unerfindlichen Gründen, die wohl auch tatsächlich unerforschlich waren, so wie die plötzlichen Pausen bei der Feldarbeit. Eine Woche später brachten sie dann plötzlich wieder Patienten an, hochfiebernde Leute mit gebrochenen Gliedern, in einem für meine Behandlung viel zu weit fortgeschrittenen Zustand. Da überkam mich dann ein Gefühl, als ob sie mich zum Narren hielten, und ich verlor die Geduld mit meinen Leuten. Was ich ihnen sagte, war denn auch gnadenlos.

»Warum«, sagte ich zu ihnen, »müßt ihr denn immer warten, bevor ihr zu mir kommt mit euren Arm- und Beinbrüchen, bis das Zeug brandig geworden ist, und der Gestank, wenn ich euch nach Nairobi fahre, mich selber halb krank macht? Oder ihr habt ein Augengeschwür, dann wartet ihr, bis der Augapfel schrumpft und verödet, so daß der geschickteste Doktor in Volaia es nicht mehr kurieren kann. Die alte dicke Msabu Oberschwester im Krankenhaus in Nairobi wird wieder wütend sein und mich ausschimpfen, es sei mir wohl einerlei, ob meine Leute auf der Farm leben oder sterben – und von nun an soll sie damit rechthaben. Ihr seid ja eigensinniger als eure Ziegen und Schafe, und ich bin es satt, für euch zu arbeiten, von nun an werde ich euren Ziegen und Schafen Verbände machen und Medizin eingeben, aber euch lasse ich einbeinig und einäugig herumlaufen.«

Auf diese Rede hin standen sie eine Zeitlang wortlos da und ließen mich dann, sehr mürrisch, erfahren, künftig würden sie mir ihre Gebrechen rechtzeitig vorführen, wenn ich meinerseits verspräche, sie nicht ins Krankenhaus zu bringen.

Während der letzten paar Monate, die ich noch auf der Farm war, als mir ganz allmählich klar wurde, daß mein langjähriger Kampf verloren war und daß ich mein Leben in Afrika würde aufgeben und nach Europa heimkehren müssen, hatte ich als Patienten einen kleinen sechs- oder siebenjährigen Jungen namens Wawerru, der sich an beiden Beinen schwere Brandwunden zugezogen hatte. Verbrennungen hatte man bei den Kikuju häufig zu behandeln, denn die Leute bauten sich in ihren Hütten geschichtete Holzkohlenfeuer auf und schliefen rings um diese Feuerstätten, und da kam es vor, daß die Kohlen im

Laufe der Nacht abrutschten und auf die Schlafenden fielen.

In der seltsam unwirklichen Existenz, losgelöst von Vergangenheit und Zukunft, die mich umfing, waren die Augenblicke, während ich Wawerru versorgte, köstlich für mich, wie ein frischer Lufthauch über ausgedörrter Steppe. Die Patres von der Französischen Mission hatten mir eine neuartige Salbe für Verbrennungen geschenkt, die eben in Frankreich herausgekommen war. Wawerru war ein kümmerliches, schieläugiges Kind, ein Spätling seiner Familie und insofern verzogen, als er glaubte, alle Welt wolle ihm nur Gutes tun – und er oder seine älteren Brüder, die ihn zu mir herauftrugen, hatten auch tatsächlich begriffen, daß eine Behandlung jeden dritten Tag notwendig sei, und seine Wunden wurden allmählich besser. Kamante, als mein Schutzengel, nahm wahr, welches Glück mir die Aufgabe bereitete; mit Luchsaugen kundschaftete er jeden dritten Tag die kleine Gruppe unter den Patienten auf der Terrasse aus und machte sich einmal, als sie einen Tag ausgelassen hatten, die Mühe, zu Wawerrus Manyatta hinauszugehen und die Familie zur Pflichterfüllung anzuhalten. Plötzlich stellte Wawerru dann eines Tages sein Erscheinen ein; er verschwand spurlos aus meinem Leben. Ich fragte einen anderen Toto nach ihm: »*Sejui*«, weiß nicht, antwortete er. Ich ließ ein paar Tage verstreichen, dann ritt ich nach dem Manyatta hinaus.

Das Manyatta lag am unteren Ende eines langen, grünen Grashangs. Es umfaßte eine größere Anzahl von Hütten, denn Wawerrus Vater hatte mehrere Frauen, jede mit einer eigenen Hütte, und außerdem – wie die meisten wohlhabenden Kikuju – eine zentral gelegene Hütte für sich selbst, in die er sich aus der Welt des Weibervolks zurückziehen konnte, um in Frieden zu meditieren. Schließlich gehörte zur Siedlung auch noch eine unregelmäßig verteilte kleine Vorstadt von größeren und kleineren Vorratsspeichern.

Als ich den Hang hinunterritt, sah ich meinen Wawerru im Gras sitzen und mit einigen anderen Buben spielen. Einer von seinen Spielgefährten erblickte mich, stieß ihn an, und ohne auch nur einen Blick in meine Richtung zu werfen, büxte er aus, in das Gewirr der Hütten, und entschwand meinen Augen. Seine Beine waren immer noch zu schwach, ihn zu tragen; er schlitterte mit erstaunlicher Geschwindigkeit auf allen Vieren davon, wie eine Maus. Mich überfiel, als ich solchen Undank gewahrte, fast wider Willen ein jäher, flammender Zorn. Ich ließ Rouge angaloppieren, um mit dem Jungen Schritt zu halten, und in dem Augenblick, als er – wieder genau wie eine Maus, die in ihr Loch schlüpft – in eine Hütte verschwand, sprang ich aus dem Sattel und folgte ihm. Rouge war ein kluges Pferd; wenn ich ihm die Zügel lose um den Hals hängen und es stehen ließ, wartete es mucksmäuschenstill, bis ich wiederkam. Meine Reitpeitsche hatte ich in der Hand.

Die Hütte war für meinen Blick, da ich aus dem Sonnenlicht auf der Steppe kam, stockdunkel. Ein paar undeutliche Gestalten, alte Männer und Frauen, bewegten sich in der Finsternis. Wawerru hatte sich in dem Augenblick, als er sich zur Strecke gebracht sah, lautlos auf die Erde geworfen, das Gesicht nach unten gekehrt. Jetzt sah ich erst, daß die langen Verbandstreifen, mit denen ich mir solche Mühe gegeben hatte, abgenommen waren und eine dicke Schicht Kuhmist seine Beine von der Ferse bis zur Hüfte verklebte. Nun ist Kuhmist an sich kein schlechtes Mittel bei Verbrennungen, weil er rasch zusammenbackt und die Luft abhält. In diesem Augenblick aber waren Anblick und Geruch für mich so ekelerregend und gleichsam tödlich, daß ich wie zur Selbstbehauptung meine Hand enger um die Peitsche schloß.

Ich hatte bis zu diesem Zeitpunkt nie daran gedacht, das Gelingen oder Mißlingen meiner ärztlichen Bemühung um Wawerrus verbrannte Beine mit meinem eigenen Schicksal und dem Schicksal der Farm in einen Zusammenhang zu bringen. Wie ich jetzt so in der Hütte stand und meine Augen an das Dämmerlicht gewöhnte, sah ich die beiden Vorgänge plötzlich als eins, und die ganze Welt wurde mir unsäglich trostlos, eine Stätte ohne alle Hoffnung. Ich hatte zu glauben gewagt, es könnten irgendwelche Anstrengungen, die ich unternähme, dem Schicksal trotzen; nun wurde mir dargetan, wie sehr ich mich im Irrtum befand. Die Schlußabrechnung lag vor mir aufgeschlagen und erwies: was ich auch unternahm, endete notwendig in einem Fehlschlag. Kuhmist, das war meine Ernte. Ich besann mich auf das alte Lied der Jakobiten:

»Nun ist's getan, ist all's getan,
Und all's getan umsonst.«

Ich sprach kein Wort; ich habe auch, glaube ich, keinen Laut von mir gegeben. Aber Tränen schossen mir plötzlich unter den Lidern hervor; ich konnte sie nicht aufhalten. In wenigen Augenblicken spürte ich mein Gesicht von Tränen gebadet. Ich bin so stehengeblieben, für mein Gefühl war es eine lange Zeit, und das Schweigen in der Hütte war tief. Dann – da die Sache ja irgendwie zu Ende kommen mußte – wandte ich mich um und ging hinaus; meine Tränen strömten immer noch reichlich, so daß ich zweimal die Tür verfehlte. Vor der Hütte wartete Rouge noch immer; ich stieg in den Sattel und ritt langsam davon.

Als ich zehn Meter weit geritten war, wandte ich mich um und schaute nach meinen Hunden. Da sah ich erst, daß eine ganze Anzahl Leute aus den Hütten hervorgekommen waren und hinter mir herstarrten. Noch einmal zehn oder zwanzig Meter weiterreitend, fühlte ich mich von dem beklemmenden Gedanken überfallen, daß dieses Nachstarren bei meinen Kätnern ein ganz ungewöhnliches Verhalten war. Im allgemeinen – wenn sie nicht etwas von mir wollten und mich laut darum anriefen, so wie die Totos, die aus dem hohen Gras aufpreschten und nach Zucker jaulten, oder mir nur eben ein freundliches Grußwort entboten: »Jambu, Msabu!« – im allgemeinen ließen sie mich so ziemlich unbemerkt vorüberziehen. Ich drehte mich wieder um, wollte sie mir nochmals ansehen. Dieses zweite Mal standen noch mehr Leute auf dem Gras, bewegungslos, nur mit den Augen mir folgend. Die ganze Einwohnerschaft des Manyatta schien sich aufgemacht zu haben, um zuzusehen, wie Rouge und ich langsam über die Steppe verschwanden. Ich dachte: die haben mich bis jetzt noch nie weinen sehen. Mag sein, sie haben nicht glauben können, daß ein weißer Mensch überhaupt jemals weint. Ich hätte es nicht tun sollen.

Die Hunde hatten inzwischen nach Herzenslust die mannigfachen Gerüche des Manyatta erforscht und das dort hausende Hühnervolk gejagt; sie schlossen sich mir wieder an. So zogen wir miteinander heim.

Früh am nächsten Morgen, noch bevor Juma hereinkam, um die Vorhänge an meinen Fenstern hochzuziehen, spürte ich an der Nachdrücklichkeit des Schweigens rundum, daß in nächster Nähe eine Menschenmenge zusammengeströmt war. Ich hatte dieses Erlebnis schon früher gehabt und habe auch darüber geschrieben. Die Afrikaner haben diese Fähigkeit – sie machen ihre Gegenwart auf anderen Wegen bemerkbar als durch Gesicht, Gehör oder Geruch, so daß man nicht zu sich sagt: ich seh' sie, ich hör' sie, ich rieche sie, sondern: sie sind da. Wildtiere besitzen diese Gabe; unseren Haustieren ist sie verlorengegangen.

Da sind sie also hergekommen, überlegte ich. Und was werden sie mir bringen? Ich stand auf und ging hinaus.

Es waren in der Tat eine Menge Menschen draußen auf der Terrasse. Ich stand schweigend vor ihnen und blickte sie an, und sie, ebenfalls schweigend, bildeten einen Kreis um mich. Sie hätten mich jetzt, das war deutlich zu merken, nicht weggehen lassen, auch wenn ich gewollt hätte. Es waren alte Männer und Frauen gekommen, Mütter mit ihren Säuglingen auf dem Rücken, freche Morani, züchtige Ndito und quicklebendige, kulleräugige kleine Totos. Beim prüfenden Blick von einem Gesicht zum andern machte ich mir klar, was mich bei unserem täglichen Leben miteinander niemals beschäftigte: daß sie dunkelhäutig waren, so viel dunkler als ich. Langsam drängten sie sich näher an mich heran.

Dieser eigenartigen stummen, tödlichen Entschlossenheit bei den Afrikanern gegenüber wird der Europäer in seiner Hirnkammer nach Worten suchen, dieses Unbekannte zu umschreiben und zu bestimmen – ganz wie der Mann im Märchen, der seine Kraft gegen einen Troll mißt und zu diesem Zweck den Namen seines Gegners herausfinden und ihn mit einem Wort festnageln muß, sonst ist er auf geheimnisvolle, trollhaft-undurchsichtige Weise verloren. Einen Augenblick wollte mein wild arbeitender Denkapparat der Sachlage mit einer fassungslosen Frage begegnen: »Wollen die mich gar umbringen?« Gleich darauf fiel mir das richtige Wort ein. Meine Leute von der Farm waren zu mir gekommen, um mir zu sagen: »Die Zeit ist da.« – »Ja, sie ist da, ich weiß«, stimmte ich in Gedanken zu. »Aber die Zeit wofür?«

Eine alte Frau war die erste, die den Mund auftat.

Die alten Frauen auf der Farm waren alle gut Freund mit mir. Ich bekam zwar weniger von ihnen zu sehen als von den unruhigen kleinen Buben, die immer bei mir im

Haus herumturnten, aber sie hatten sich dazu entschlossen, das Vorhandensein eines besonderen Einverständnisses und Vertrauensverhältnisses zwischen ihnen und mir vorauszusetzen, als stünden sie alle in einem Tantenverhältnis zu mir. Die Kikuju-Frauen schrumpeln im Alter ein und werden dunkler. Neben den zimtfarbenen Nditos, den jungen Mädchen, diesen saftvollen, biegsamen Waldlianen, wirken sie wie Stecken aus Holzkohle, gewichtlos, durch und durch ausgetrocknet, mit einer Art grimmiger Humorigkeit tief innen: edle, hochwertige Spitzenerzeugnisse von unser aller großem Holzkohlenbrenner.

Die alte Frau, von der ich gesprochen habe, hielt mir, in ihre Linke wie in eine Stütze gebettet, die rechte Hand hin, als wollte sie sie mir zum Geschenk machen. Ums Handgelenk zog sich eine rötlich verfärbte Brandwunde. »Msabu«, wimmerte sie mir ins Gesicht, »hab' eine kranke Hand, krank. Braucht Arznei.« Die Verbrennung war aber nur ganz oberflächlich.

Ein alter Mann mit einer Schnittwunde am Bein kam als nächster; dann etliche Mütter, deren Säuglinge Temperatur hatten; hierauf ein Moran mit einer aufgeplatzten Lippe und ein zweiter mit einem verstauchten Knöchel; schließlich eine Ndito mit einem Kratzer an der Brust. Keine von den Verletzungen war ernst zu nehmen. Man zwang mich förmlich, ein Halbdutzend Holzsplitter zu untersuchen, die sich einer in den Handballen eingezogen hatte, als er nach Honig auf einen Baum kletterte.

Langsam erst begriff ich die Situation. Meine Leute von der Farm, machte ich mir klar, hatten sich heute zu einer gemeinsamen großen Geste zusammengefunden; sie wollten mir darbringen, was ich wider alle Vernunft und gegen Wunsch und Neigung ihres Herzens von ihnen verlangt hatte. Sie müssen sich innerlich damit herumgeschlagen und es in manchem Gespräch erörtert haben: »Der haben wir zu hart mitgespielt. Klar zu sehen, sie hält es nicht länger aus. Die Zeit ist da, daß wir sie gewähren lassen.«

Nicht wegdisputieren ließ sich bei alledem, daß ich zum Narren gehalten wurde.

Nachdem ein paar Minuten so vergangen waren, konnte ich das Lachen nicht mehr verbeißen. Und als sie, aufmerksam mein Gesicht beobachtend, die Veränderung darin gewahrten, stimmten sie ein. Eins nach dem anderen hellten sich die Gesichter auf und zerschmolzen in Gelächter. Auf den Gesichtern der alten Frauen zumal stapelten sich hundert zarte Fältchen und schoben Wangen und Kinn ineinander zu einer barocken Maske des Behagens. Die Runzeln waren nicht mehr Narben vom Kriegsschauplatz des Lebens; es waren Spuren ungezählter Gelächter.

Die Heiterkeit lief die Terrasse entlang und setzte sich bis an den Rand hin wie Wassergekräusel fort. Wenige Dinge im Leben sind so köstlich wie dieser plötzlich ansteigende, klare Wellengang afrikanischen Gelächters rings um einen.

Als ein Gallier – spricht die Sage –
Sinken sah der Gallier Kampfmut,
Hingemäht vom starren Gleichschritt
Zuchtgestählter Legionäre,

Schoß er letzten Pfeil gen Himmel
Nach dem Gott, dem er gehuldigt,
Nach dem Gott, der ihn verraten.
Axthieb schmetterte ihn nieder.

Aus den Knochen toter Gallier
Fügten Bauern ihre Zäune,
Schützend ihres Weinbergs Früchte.
Keinem ward ein edler Grabmal.

Echo von den Bergen

Ich habe das große Glück im Leben, daß ich beim Schlafen stets träume und daß es immer schöne Träume sind. Den Alptraum, mit seinem schieläugigen Nebeneinander von Absperrungsangst und *horror vacui*, kenne ich nur aus anderer Leute Bericht und vorzugsweise, seit zwanzig Jahren, aus Büchern und Theaterstücken. Diese Gabe des Träumens ist bei uns eine Familieneigenschaft; wir schätzen sie alle sehr und haben das Empfinden, daß wir in diesem Punkt vor anderen Menschen stark bevorzugt sind. Eine alte Tante von mir wollte auf ihren Grabstein schreiben lassen: »Sie hat manchen harten Tag gesehen. Aber ihre Nächte waren köstlich.«

Allerdings sind unsere Träume in ihrer Schönheit nicht auf die Sphäre des Idylls oder des Kinderspiels beschränkt, überhaupt auf keine Sphäre, die im Leben des hellen Tageslichts als sicher und erfreulich angesehen wird. Schauderhafte Dinge ereignen sich sehr wohl in unseren Träumen, Ungeheuer erscheinen, Abgründe öffnen sich, wilde abenteuerliche Flüge und Verfolgungen sind gewöhnliche Dinge. Nur wechselt das Entsetzen, indem es in die Träume eindringt, seine Farbe. Ungeheuerlichkeiten und Ungeheuer, sogar die Hölle selbst, verwandeln sich in Huld und Anmut.

Ich habe gelesen oder mir erzählen lassen, daß in einem

Buch der Etikette aus dem 17. Jahrhundert die allererste Verhaltensregel es untersagt, anderen Leuten seine Träume zu erzählen, da sie für diese unmöglich von Interesse sein könnten. Ich möchte nicht gegen die guten Manieren des 17. Jahrhunderts verstoßen und werde meinen Lesern hier keinesfalls auch nur einen einzigen Traum von mir vortragen. Da aber Träume in meinen Augen ganz allgemein ein fesselnder Gegenstand sind, werde ich ein paar generelle Bemerkungen dazu niederschreiben. Sollten diese Notizen etwas ungenau und verwischt ausfallen, sollten sie sozusagen nur wie ein Flimmern vor den Augen stehen, so wird mir der Leser das nachsehen müssen. Es liegt in der Natur der Dinge. Träume, wie auch Gerüche, zeigen sich abgeneigt, ihr innerstes Wesen in Worten ausdrücken zu lassen.

Das erste Charakteristikum meiner Träume ist dies: Ich bewege mich in einer mir tief und köstlich vertrauten Welt, einer Welt, die mir gehört und der auch ich angehöre, viel inniger, als es in meinem Wachzustand jemals der Fall ist. Doch begegne ich im Traum niemals jemandem – Person oder Ding –, den ich außerhalb der Traumwelt kenne oder irgendwann gekannt hätte. Als Kind habe ich wohl einmal von einem besonders lieben Hund geträumt, aber auch da war mir sogleich bewußt, daß »Natty Bumpo«, wie er frei nach dem Lederstrumpf hieß, aus der Welt der Lebenden geschieden war, und in allen anderen Fällen habe ich die heißgeliebten Gefilde, in denen ich mich bewege und denen ich entgegenreise, die Freunde, unendlich teuer meinem Herzen, auf die ich zustürze und von denen ich mich kaum loszureißen vermag, nie im Leben gesehen.

Nur während einer einzigen Zeitspanne in meinem Leben und nur im Zusammenhang mit einer ganz bestimmten Art von Umgebung und Menschen haben Erscheinungen der äußeren Welt Eingang in meine Träume gefunden.

Das war schon deswegen für mich ein merkwürdiges und erregendes Erlebnis.

Das zweite Charakteristikum meiner Träume ist ihre Weiträumigkeit, ihr Gefühl unendlichen Raums. Ich bewege mich in mächtigen Landschaften, unter gewaltigen Höhen, Tiefen und Ausdehnungen, mit unbegrenztem Fernblick nach allen Seiten. Die Erhabenheit und lichte Geräumigkeit des Traums findet ihr Gegenstück in einem Farbenspiel aus erlesenen, leuchtenden blauen und violetten Tönen und einem mystisch transparenten Braun – Farben, die ich mir für die Zeit des Wachens im Gedächtnis zu behalten vornehme, deren ich mich dann aber nicht mehr entsinnen kann. Traumbäume sind sehr viel höher als Bäume am Tag; ich gelobe mir, daß ich mir merken will, dies müsse die richtige Höhe von Bäumen sein, aber wenn ich aufwache, gelingt es mir nicht mehr. Lange Durchsichten erstrecken sich vor mir, Entfernung heißt das Passierwort in dieser Landschaft, zuweilen fühle ich, daß die vierte Dimension zum Greifen nah ist. Ich fliege, im Traum, zu jeder Höhe empor; ich tauche in grundlose, klare, flaschengrüne Gewässer. Es ist eine Welt ohne Schwere. Ihre Atemluft heißt Freude; ihr krönendes Glücksgefühl, durch Vernunft nicht zu erklären oder aller Vernunft zuwider, ist ein Gefühl von Triumph.

Denn wir haben im Traum unsere Hörigkeit gegenüber den organisierenden, kontrollierenden, zurechtsetzenden Kräften in der Welt, gegenüber dem allumfassenden Bewußtsein aufgegeben. Wir haben Vasallentreue geschworen den wilden, unberechenbaren, schöpferischen Kräften, der Phantasie des Universums.

An die Bewußtseinsmacht in der Welt können wir uns im Gebet wenden; sie wird ihre getreuen Diener getreulich ganz nach Verdienst belohnen, und ihre höchste Belohnung heißt geistiger Friede.

Zur Phantasie in der Welt beten wir nicht. Wir lassen uns durch den Sinn gehen, wie es uns erging, als wir es zum letztenmal taten: wie uns da, rasch wie Blitzstrahl, die Frage entgegentönte, wo wir denn gewesen seien, als die Morgensterne ihre Chöre sangen, und ob wir es vermöchten, die holde Ausstrahlung des Siebengestirns an Ketten zu legen. Ohne daß wir sie um Freiheit gebeten hätten, haben diese freien Mächte uns freigegeben wie den Bergwind, uns befreit von der Pflicht zum Handeln und zum Entschluß, befreit auch von der Verantwortung. Sie teilen keinen Lohn aus, jede ihrer Gaben ist ein Geschenk, ein Bakschisch, und ihr höchstes Geschenk ist die Inspiration. Ein Geschenk kann seinen Namen immer sowohl vom Geber empfangen wie vom Empfänger; so betrachtet, ist meine Inspiration meine Gabe, mehr als irgendein anderer Besitz mir gehörig, und doch ebenso Gottes Gabe an mich.

Das Schiff hat sein Lavieren aufgegeben; es hat sich Wind und Strömung anvertraut, nun füllen sich seine Segel, und es fliegt dahin, stolz, auf erbötigen Wellen. Ist seine Schnelligkeit nun eigenes Vollbringen und Verdienst oder ist sie Leistung und Verdienst äußerer Mächte? Wir können's nicht sagen. Die Tänzerin beim Walzer gibt sich ihrem Partner und seiner Geschicklichkeit in die Hand; sind nun schwereloser Flug und Zauber des Tanzes ihr Vollbringen oder seins? Weder Schiff noch Tänzerin, und auch der Träumer nicht, werden darauf antworten können oder auch nur antworten wollen. Was sie aber alle drei erlebt haben, ist der höchste Triumph der bedingungslosen Hingabe.

Ein letztes Wort noch über Träume:

Manche Leute sagen mir, die Fähigkeit zu träumen gehöre der Kindheit und der frühen Jugend an, und wenn später die Kraft des Sehens und Hörens dahingeht, müsse zugleich auch die Begabung fürs Träumen schwinden.

Meine eigene Erfahrung lehrt mich das Gegenteil. Ich träume heute mehr als in meiner Kindheit und Jungmädchenzeit, und in den Träumen, die ich jetzt habe, stehen die Dinge klarer umrissen da als je zuvor und werden immer noch mehr wert, daß man sich über sie den Kopf zerbricht.

Bisweilen glaube ich nicht anders, als daß meine Füße auf einen Weg gesetzt sind, den ich nun immer weiter gehen werde, und daß sich das Schwergewicht meines Wesens, sein Schwerpunkt, langsam von der Tageswelt – vom Herrschaftsbereich der organisierenden und regulierenden allumfassenden Mächte – hinüber in die Welt der Imagination verschiebt. Schon habe ich das Empfinden, wie einstmals, wenn ich mit siebzehn Jahren abends auf einen Ball gehen sollte, daß der Tag eine Zeitspanne ohne Bedeutung ist und daß erst mit dem Heraufkommen der Dämmerung, mit dem Aufleuchten des ersten Sterns und der ersten Kerze, die Dinge zu dem werden, was sie eigentlich sind, und daß sie erst dann beginnen, auf mich zuzukommen.

Der ungebärdige Fluß, der so wild einhersprang, so tönend rauschte und gegen seine Ufer stieß, wird breiter strömen und ruhig werden, und am Ende wird er still ins Meer der Träume fallen, und auf stille Weise wird er den höchsten Triumph der bedingungslosen Hingabe erleben.

Während der ersten Monate nach meiner Rückkehr aus Afrika nach Dänemark hatte ich die größte Mühe, überhaupt noch irgend etwas als Wirklichkeit anzusehen.

Mein Leben in Afrika war hinterm Horizont versunken, das Kreuz des Südens stand noch eine kurze Weile sichtbar da wie eine Leuchtspur in Himmelshöhen, dann verblaßte es auch und verschwand. Die Landschaften, Tiere und Menschenwesen aus jener meiner alten Zeit konnten für meine neue Umgebung in Dänemark unmöglich mehr bedeuten als Landschaften, Tiere und Menschenwesen meiner nächtlichen Träume. Ihre Namen waren hier leere Worte, der Name Ngong bedeutete eine Briefanschrift. Es tat nicht gut, es war vielleicht sogar schlechte Lebensart, davon zu sprechen.

Das Schicksal hatte es so gewollt, daß meine Gäste auf der Farm zu jener Zeit schon dahingegangen waren oder im Begriff standen dahinzugehen. Sie waren allzumal Leute, denen es nicht anstand, lang an einem Fleck zu verweilen. Sir Northrop MacMillan, Galbraith und Berkeley Cole und Denys Finch-Hatton hatten sich schon vor mir davongemacht; bald nach meiner Abreise folgten ihnen Lord Delamere, Lord Francis Scott und Hugh Martin. Der Schwede Erik von Otter, der sich im Afrikakrieg ausgezeichnet hatte, starb auf seinem Posten fern im Norden; mein tapferer junger Freund und hilfreicher Gefährte Gustav Mohr ertrank, als er eine Jagdexpedition über einen Fluß setzte. Da lagen sie alle, neuntausend Fuß hoch, sicher in Afrikas Erde gebettet, und wurden selbst langsam in afrikanischen Humus verwandelt. Und da war nun ich, wanderte durch Dänemarks schöne Wälder und lauschte den Wellen im Öresund. Fern im Südosten, weit weit weg, wurden die Grasflächen der Farm, wo wir in Jahren der Trockenheit die wilden, gefräßigen Grasbrände bekämpft hatten, und die Grundstücke meiner Kätner, mit dem Taubengurren hoch oben und dem Stimmengeschnatter und den Kochgeräuschen unten, in Wohnparzellen für Geschäftsleute aus Nairobi aufgeteilt, und auf dem Rasen, über den ich die Zebras hatte galoppieren sehen, legten sie Tennisplätze an. Das waren sogenannte Tatsachen; aber es war schwer, sie sich vorzustellen.

Was hatte mich nur geheißen, je mein Herz an Afrika zu hängen? Der alte Erdteil war ganz gut zurechtgekommen, bevor ich ihm auch nur einen Gedanken zuwandte – hätte es nicht recht wohl auch so weitergehen können? Da ich selbst keine Antwort darauf fand, schenkte sie mir ein großer Meister. Er sagte:

… was ist dir Afrika,
was bist du ihm?

und dann, lachend:

Besteht ein dummer Tropf
auf seinem Eselskopf,
läßt seine Füll' und Ruh'
und läuft der Wildnis zu:
Duc ad me, duc ad me, duc ad me!
Hier sieht er mehr
so Narrn wie er,
wenn er zu mir will kommen her.

Lieber Meister, du hast mich nie im Stich gelassen, dein Wort war eine Leuchte für meine Füße und ein Licht auf meinem Pfade. Laß dir nun auch sagen und dir beweisen, wie recht du hattest, als du das sagtest: Besteht auf seinem Eselskopf.

Eine Zeitlang, nachdem ich mein Buch *Seven Gothic Tales* herausgebracht hatte, überlegte ich, ob es nicht möglich wäre, daß ich ein Kinderkrankenhaus im Masaireservat leitete. Es gab viel Krankheit unter den Masai, meist solche, die wir bei ihnen eingeschleppt hatten. Bei meinen Safaris hatte ich viele blinde Kinder gesehen. Aber die Masai lehnten es ab, ihre Kranken ins Spital zu bringen.

Die Masai liebten uns überhaupt nicht und hatten auch keinen Grund dazu. Wir hatten ihren raubvogelartigen Überfällen auf die ackerbautreibenden Stämme ein Ende bereitet, ihnen ihre Speere und hohen mandelförmigen Schilde abgenommen und einen Kübel Wasser über dem

Ruhmesglanz eines Kriegervolks ausgeschüttet, das sich in tausend Jahren zu einer Personifizierung jenes Nietzsche-Ideals herangehärtet hatte: »Der Mann für den Krieg, das Weib zum Genuß für den Krieger, alles andere ist Torheit.«

Einmal, als ich auf Safari tief ins Reservat gekommen war, kam ein uralter Masai des Wegs und setzte sich zu mir ans Lagerfeuer. Nach einer Weile begann er zu sprechen, und das war, als hörte man einem mächtigen Kieselstein zu – ich sprach gerade soviel Masai, daß ich mich nach Wild und Wasser erkundigen konnte, und kein Wort mehr. Es ist nach meiner Ansicht eine Sprache, die man unmöglich lernen kann, vielleicht weil der Stamm, der sie spricht, in seinem Gedankengang uns völlig fremd ist. Wenn du auf einem Pfad im Reservat einem Masai begegnest, so grüßt du: »Saubaa.« Triffst du aber eine Masaifrau, so lautet der Gruß: »Tarquenya.« Es ist mir nie gelungen zu erfahren, was der Unterschied zu bedeuten hat. Auf meinen Safaris nun hatte ich einen Dolmetscher bei mir. »Heutzutage«, so setzte uns nach seiner Übersetzung der alte Mann, der vor sechzig Jahren ein Moran gewesen war, auseinander, »heutzutage ist das Leben kein Vergnügen mehr. In der alten Zeit aber war viel Spaß dabei. Wenn damals die Kikuju oder die Wakamba ein fettes Stück Land hatten, mit fetten Vieh-, Ziegen- und Schafherden darauf, dann zogen wir Morani zu ihnen hinüber. Erst töteten wir alle Männer und Kinder männlichen Geschlechts mit Stahl« – die Masaikrieger hatten lange schöne Speere und kurze kräftige Schwerter – »und es war uns erlaubt, daß wir in dem Dorf wohnen blieben, bis wir die Schafe und Ziegen am Ort gegessen hatten. Dann, bevor wir weiterzogen, töteten wir noch die Weiber mit Holz« – denn in ihren Gürteln trugen die Masai außerdem Holzkeulen, überraschend leicht von Gewicht und dabei wirkungsvoll. Ich weiß nicht, ob unser alter Gast eine tatsächliche Vergangenheit wachrief oder ob er sich in seinem langen nächtlichen Selbstgespräch nur ein ideales Sittenbild ausmalte und sich allmählich an dieser seiner Wunschvorstellung berauschte. Er machte sich schließlich wieder auf den Weg und verschwand im Dunkel der Nacht, ein kahler, ausgemergelter Raubvogel aus einer aussterbenden Gattung.

Umgekehrt konnten auch die weißen Siedler die Masai im allgemeinen nicht leiden, die sich weigerten, für sie zu arbeiten, und bei allen geschäftlichen Auseinandersetzungen ein mißvergnügtes und anmaßendes Wesen an den Tag legten. Ich aber hatte mit meinen Nachbarn aus dem Masaireservat immer auf freundschaftlichem Fuß gestanden, und ich glaube mir vorstellen zu können, daß sie bereit wären, ihre kranken Kinder in ein von mir geführtes Pflegeheim zu bringen. Ich fuhr nach London, um Dr. Albert Schweitzer während eines seiner Besuche in England zu treffen und von ihm Näheres über die nötigen Vorbedingungen zu erfahren. Er gab mir freundlicherweise die gewünschte Auskunft, aber ich machte mir bald klar, daß die Kosten des Unternehmens meine Mittel bei weitem übersteigen würden – man verdient mit Bücherschreiben nicht so viel Geld, wie meist angenommen wird. Die Phantasievorstellungen von einem Leben neuntausend Fuß überm Meer, am Abhang des Hügelrückens von Bardamat unter Masaikindern, zerrannen wie so viele andere Traumspiegelungen überm Gras.

Derweilen trafen immer wieder die Briefe von meinen alten Dienern in Afrika ein und drängten sich auf unvorhergesehene Weise in meine dänische Existenz: seltsame, rührende Dokumente, obwohl sie äußerlich nicht viel gleichsahen. Ich fragte mich, was wohl die Briefschreiber gerade im betreffenden Augenblick dazu veranlaßt haben mochte, fünfzehn oder zwanzig Meilen nach Nairobi zu marschieren und ihre Botschaft an mich abzusenden. Es waren manchmal richtige Traueroden und Elegien; manchmal aber auch Tatsachenberichte oder gar ausgewachsene *Chroniques Scandaleuses*.

Oft folgten zwei oder drei solche Episteln kurz aufeinander; dann gab es auch wieder monatelange Pausen, in denen der alte Erdteil stumm blieb.

Einmal aber im Jahr durfte ich auf jeden Fall sicher sein, daß ich Nachricht von allen meinen Leuten empfing.

Von dem Zeitpunkt, als ich Afrika verließ, bis zum Ausbruch des Zweiten Weltkriegs schickte ich jedes Jahr vor Weihnachten einen kleinen Geldbetrag an meine alte Anwaltsfirma in Nairobi, W. C. Hunter und Co. Von dort aus war jederzeit Farahs Adresse festzustellen, denn er hatte seine Wohnung und seine Familie in dem Somalidorf der Stadt, auch wenn er selbst unterwegs war, auf Pferdekauf in Abessinien oder als Reisebegleiter eines großen weißen Jagdliebhabers auf einer Safari, und Farah sah sich dann um und holte das alte Hauspersonal zusammen. So fand sich also in dem weißgetünchten Büroraum in Nairobi mein Haushalt noch einmal versammelt; jedes seiner Mitglieder erhielt mein Weihnachtspräsent ausgehändigt und wurde aufgefordert, als Gegenleistung zu meiner Information einen kurzen Bericht zu erstatten, wie es ihm ging und was sich im Lauf des Jahres bei ihm zugetragen hatte. Was dabei als Bulletin zutage kam und wahrscheinlich im einzelnen Fall nur sehr langsam vorgebracht wurde, brachte der Büroangestellte in nüchternem Englisch zu Papier; es war leicht zu lesen, hatte aber keinen lebendigen Klang in sich.

Meine Leute indessen – beflügelt von dieser Begegnung, die ihnen als ein tatsächliches, erneutes Beisammensein mit mir erscheinen mochte, denn der Afrikaner besitzt die Gabe, Entfernungen in Raum und Zeit außer acht zu lassen – gingen aus der Anwaltskanzlei stracks hinüber zum

Postamt, suchten den berufsmäßigen indischen Briefschreiber auf, der dort in seinem Büdchen saß, und ließen sich von diesem gelehrten Mann eine zweite Botschaft an mich zu Papier bringen. Solcherart war der Brief, der zuerst schon im Geist des Absenders aus der eigenen Kikujusprache in die *lingua franca* des Suaheli übertragen worden war, später auch noch durch das dunkle Indergemüt des Schreibers hindurchgegangen, bis er endlich, so wie ich ihn zu lesen bekam, in dessen unvorschriftsmäßigem Englisch niedergeschrieben wurde. Doch trug er in dieser Gestalt eine größere Ähnlichkeit mit dem Verfasser als die offizielle, konventionelle Niederschrift, so daß ich beim Betrachten der schiefen Zeilen auf dem dünnen gelben Papier für einen Augenblick dem Absender wie von Angesicht gegenüberstand.

Juma schrieb: »Mir ist da Feuer ins Haus gekommen und hat mir einen hervorragenden Geißbock totgemacht.« Er machte mich mit den Verhandlungen um eine Heirat seiner Tochter Mahô bekannt und äußerte sich mit Geringschätzung über den Kaufpreis, den ihm der Brautwerber, ein Kikuju, geboten habe. Der zu Herzen gehende Abschnitt über die besondere Vorliebe, die ich immer für die kleine Mahô gehabt, und über die Mühe, die ich mir gegeben hätte, ihr das Lesen beizubringen, war offensichtlich auf eine Antwort von mir abgestellt, die sich beim Feilschen um den Preis als nützlich erweisen konnte.

Ali Hassan, der meiner Mutter bei ihrem Besuch auf der Farm als Leibdiener beigegeben war, hatte während des italienisch-abessinischen Kriegs den General Llewellyn nach Addis Abeba begleitet und schrieb: »Es ist hier alles nix mehr sehr gut. Wann die alte Memsahib dahier waren, würden sich diese Leut nicht so benehmt haben, wie sie's heut tun.« Ali hatte Suaheliblut und die rasche, unberechenbare Art der Suaheli. Ich hatte ihn zuerst ein wenig als

Fremdkörper in meinem Haus empfunden. Er war aber verläßlicher, als er aussah, ein guter Arbeiter, aufmerksam und ganz unerwartet milde in seinem Urteil.

Kamante schrieb: »Ich bekommen neuerdings weibliches Baby von meine Frau, die ja ganz gute Haut ist.« Farah ging nicht aufs Postamt. Er hat seine Briefe gewiß selbst auf englisch diktiert. Sie waren so wie er: ernsthaft und anmutig, bedacht auf seine und meine Würde und jede Bekundung herablassenden Mitgefühls mit einem von uns beiden vermeidend. Er schrieb von einem Papagei, den er einem indischen Freund als Geschenk für mich abgekauft habe und der sprechen könne. Wenn er ihm, schrieb er, noch ein paar weitere Sätze und Namen alter gemeinsamer Freunde und Bekannten beigebracht habe und wenn ich wirklich nicht nach Afrika zurückkäme, werde er versuchen, das Tier nach Dänemark schicken zu lassen. Als es sich schließlich als unmöglich herausstellte, diesen Plan zu verwirklichen, schenkte Farah den Vogel seiner Schwiegermutter, die schon die ganze Zeit auf ihn versessen war, und schickte mir ein paar ausgerupfte Federn, damit ich sehen konnte, welche Farbe er gehabt hatte. Sein persönliches Gefühl mir gegenüber und die Erinnerung an unsere lange Bekanntschaft kamen in diesen Briefen unvermittelt zum Vorschein und gaben ihnen einen neuen Klang, wenn er, bevor er seine Unterschrift setzte, davon sprach, wie er zu Gott für mich bete.

Während dieser Jahre unterhielt ich auch einen Briefwechsel mit Abdullahi, meinem Somalidiener, der inzwischen wieder in seiner Heimat lebte. Ich habe von Abdullahi bisher immer nur kurz gesprochen. Dabei war er etliche Jahre lang eine malerische Figur auf der Farm gewesen, mit ganz eigenen, persönlichen Farben. Ein Gefühl sagt mir, daß ich ihn jetzt ins Bild einfügen muß.

Abdullahi war Farahs kleiner Bruder. Er wird ungefähr

zehn Jahre alt gewesen sein, als Farah zu dem Beschluß kam, unser Hauswesen bedürfe eines Pagen, dem der Rang besser anstünde als den Kikuju-Buben, die bisher dieses Amt eingenommen hatten, und sich aus dem Somaliland sein Brüderchen kommen ließ. Er hatte ursprünglich einen anderen Jungen haben wollen, den Sohn seiner Schwester, aber die Großmutter des Kindes, Farahs Mutter, hatte ihn nicht hergegeben, weil er, wie sie uns wissen ließ, für den Stamm einen zu hohen Wert besitze vermöge seines Talentes, bei Nacht verlorengegangene Kamele wieder aufzuspüren. Entscheidungen seiner Mutter waren für Farah unanfechtbar; also war es Abdullahi Ahamed, der eines Tages auf meiner Schwelle erschien und für etliche Jahre eins mit dem Haus wurde.

Um seine Unparteilichkeit zu zeigen, behandelte Farah seinen kleinen Bruder mit Strenge; einige Male zu Beginn unserer Bekanntschaft sah ich mich sogar veranlaßt, die Partei des Kleinen zu nehmen. Doch war in dieser Haltung, wie öfters in Farahs Auftreten und Gehaben als Majordomus, eine gehörige Portion Pose. Die Bande des Bluts sind für alle Somali maßgebend und geheiligt, und als Abdullahi zur Zeit der Spanischen Grippe krank lag, sorgte sich Farah um ihn wie eine Katze um ihr Junges. Die beiden zusammen gemahnten mich an Joseph und Benjamin, an die Szene, in der der Vizekönig von Ägypten dem kleinen Beduinen die Hand auf die Schulter legt und spricht: »Gott sei dir huldreich, mein Sohn.«

Abdullahi hatte ein rundes, pummeliges Gesicht, ganz ungewöhnlich für einen Somali, und eine sich selbst ausschaltende diskrete Art, hinter der sich mächtige geheime Kraftreserven vermuten ließen. Er war ein ergebener Diener des Hauses, mir besonders angenehm, weil er persönlich reinlich und adrett war und weil ich in ihm ein seltenes Talent zur Dankbarkeit entdeckte. Seine Individualität tat sich als erstes in seiner unerwarteten Geschicklichkeit als Schachspieler kund. Er stand mäuschenstill dabei, wenn Denys und Berkeley, die sich beide als Spieler von Sonderklasse betrachteten, am Brett saßen. Zur Rede gestellt, berichtete er ihnen, er kenne das Spiel, und als sie ihn versuchsweise zum Partner nahmen, spielte er in völliger Schweigsamkeit und gewann fast ausnahmslos die Partie. Später entdeckte ich, daß er auch ein begabter Arithmetiker war. Denys hatte das Oxforder Handbuch der Rechenkunst bei uns liegen lassen. Wenn ich Abdullahi eine der Aufgaben vorlas: »Teile eine Zahl so in vier Teile, daß der erste Teil plus vier, der zweite Teil plus vier, der dritte Teil multipliziert mit vier und der vierte Teil geteilt durch vier jeweils dasselbe Resultat ergeben«, so versank er in eine Art von stummer Ekstase und brachte mir am nächsten Tag die Lösung, ohne daß er erklären konnte, wie er darauf gekommen war.

Als Abdullahi ein Jahr bei uns in Ngong gelebt hatte, vertraute er mir seinen glühenden Wunsch an, zur Schule zu gehen. Mir kam dieses Verlangen auf seine Art ganz legitim vor; da es aber im Hochland keine mohammedanische Schule gab, hätte ich ihn auf die islamische Schule nach Mombasa schicken müssen, und das konnte ich mir damals kaum leisten. Als ich ihm sagte: »Ich habe das Geld nicht, Abdullahi«, nahm er die Tatsache resigniert zur Kenntnis. Von Zeit zu Zeit aber, wenn Farah an einem Abend nicht zu Hause war, kam er zu mir und fragte: »Hast du jetzt mehr Geld, Memsahib?« Abdullahis Dienstzeit im Hause war von einem dramatischen Vorkommnis gekennzeichnet. Der Arzt hatte mir verordnet, zu den Mahlzeiten jeweils sechs Tropfen Arsen in einem Glas Wasser einzunehmen, und als ich es eines Tages beim Lunch vergessen hatte und in der Bibliothek über einem Buch saß, bat ich Abdullahi, mir das Mittel herzurichten und zu bringen. Ohne vom Buch aufzublicken, nahm ich ihm das Glas aus der Hand, und in dem Augenblick, als ich den Inhalt ausgetrunken hatte, merkte ich, daß das Arsen nicht verdünnt worden war. Ich erkundigte mich bei Abdullahi, und plötzlich erstarrt, sagte er, ja, es sei so. Ich fühlte mich zunächst nicht weiter schlecht, nur seltsam betäubt, als hätte ich einen Schlag auf den Kopf bekommen. »Dann werde ich wohl sterben müssen, Abdullahi«, sagte ich. »Du mußt gleich Farah zu mir schicken.« Farah hat mir später erzählt, sein kleiner Bruder sei zu ihm ins Haus gestürzt und habe geschrien: »Ich habe die Memsahib umgebracht. Geh schnell hinein zu ihr, du! Und lebt wohl ihr alle, denn ich gehe fort und komme nie wieder«, und mit diesen Worten sei er verschwunden. Als Farah zu mir kam, war ich wirklich so weit, daß ich glaubte, ich müßte sterben. Ich ließ mich von ihm auf mein Bett tragen, und dort wurden meine Schmerzen schlimmer und dauerten über zwölf Stunden. Ich wußte nichts von Arsenvergiftung und hatte in meinen Büchern keine Anweisung, was man dagegen tut. Nach einer Weile aber ließ ich mir Alexandre Dumas' Roman *La Reine Margot* einfallen, den ich im Haus hatte. In diesem Buch ist erzählt, wie verräterische Feinde von König Karl IX. die Seiten eines Buchs über die Hirschjagd mit Arsen beschmieren, so daß der König, der beim Umblättern ständig den Finger benetzt, sich langsam vergiftet, und es ist auch das Mittel erwähnt, durch das der diensthabende Arzt das Leben des Königs zu retten versucht. Ich ließ Farah die Königin Margot aus dem Bücherregal hervorsuchen, schlug glücklich den empfohlenen Heiltrank aus Milch und Eiweiß nach und begann sofort mit der Kur, wobei Farah mir den Kopf halten mußte, so daß ich die Medizin schlucken konnte. Mitten während der Behandlung entsann ich mich, daß man mir einmal gesagt hatte, große Mengen Arsen ließen den Patienten sich schwarzblau verfärben – wenn es wirklich so wäre, überlegte ich, hätte es kaum noch Sinn, sich ums Weiterleben zu mühen, und ich schickte nach Kamante und ließ ihn neben meinem Bett stehen und mir von Zeit zu Zeit den Spiegel vors Gesicht halten. Um Mitternacht kam mir allmählich der Gedanke, ich könnte vielleicht doch am Leben bleiben, und gegen Morgen fragte ich mich bereits, wie wir denn nun vor allem unseren Abdullahi zurückbekämen. Erst nach drei Tagen lieferten ihn die auf seine Spur gesetzten Masaispäher bei uns ein: das Jammerbild eines geschlagenen, völlig vernichteten Sünders, den die Wüste noch einmal in Gnaden entlassen hat.

Als Abdullahi drei oder vier Jahre bei mir gewesen war, sollte ein an sich unbedeutendes Ereignis sein Schicksal ändern.

Es war in jenen Tagen schwer, in Nairobi ein lesbares Buch aufzutreiben. Mein Buchhändler sagte mir wohl, er habe da eben eine schöne Lieferung von daheim bekommen, aber was er dann vor mir ausbreitete, war ein Haufen Gedrucktes von solcher Ärmlichkeit, daß es eine Schande war, gute, seetüchtige Schiffe damit zu beladen. Immerhin ist es mir zweimal passiert, daß ich das Buch eines völlig unbekannten Autors hervorzog und schon tags darauf nach Hause an meine Leute schrieb, sie sollten sich den Namen dieses Autors einprägen. Das erste Mal war es Aldous Huxleys *Crome Yellow*, das andere Mal Ernest Hemingways *The Sun also Rises*. Nun war eben Huxleys *Little Mexican* herausgekommen. Unter den Geschichten in diesem Buch ist die Erzählung »Der junge Archimedes«, von einem kleinen Jungen mit genialer mathematischer Begabung, den aber eine eitle und beschränkte Ziehmutter am Studium hindert und in solche Verzweiflung treibt, daß er sich schließlich von einem Balkon stürzt und stirbt. In der Nacht, nachdem ich die Geschichte gelesen hatte, wachte ich mit einem Schrecken in allen Gliedern auf, fast als hätte ich das junge Zwergböcklein Lulu seinem Schicksal in den Händen von Kikujububen überlassen. Schon in der folgenden Woche kratzte ich auf irgendeine Weise Geld zusammen und ließ Abdullahi in die Hohe Schule nach Mombasa bringen. Er war sehr glücklich dort, und seine Lehrer schrieben mir, er mache regelmäßige und erfreuliche Fortschritte.

Etliche Male kam Abdullahi aus Mombasa auf Besuch zu uns auf die Farm. Er trug noch die Kleider, in denen er uns verlassen hatte und die nun einigermaßen dürftig an ihm hingen und an den Ärmeln kurz geworden waren; offensichtlich sparte er sein bescheidenes Taschengeld für Bücher auf. Diese Ferienbesuche nach einem Jahr wurden erschwert durch die Tatsache, daß Farah geheiratet hatte; dadurch hatte Abdullahi das Recht verloren, unter dem Dach seines Bruders zu wohnen. Im Somaliland herrscht wie in der Judenschaft die Sitte, daß, wenn ein Mann stirbt, der jüngere Bruder die Witwe heiratet, um den Samen fortzupflanzen, und ich schloß daraus, daß die enge Beziehung zwischen einem jungen Bruder und seiner Schwägerin offenbar als gefährlich galt, als ein möglicher Anreiz zum Brudermord. In einem Volk von solch strenger Loyalität in Familiendingen verrät diese Regelung einen merkwürdig starken Glauben an das Schicksalhafte einer Leidenschaft. Ich fand das Tabu bedauerlich, denn ich sagte mir, daß Abdullahi und Fathima, die beide vom selben Alter und klarsehende und umgängliche junge Leute waren, sehr gut miteinander ausgekommen wären, *en tout bien et tout honneur*.

Als ich das Land verließ, wollte auch Abdullahi nicht länger in Kenia bleiben und kehrte nach Somaliland zurück. Von dort schrieb er mir, und ich antwortete ihm. Er besaß nicht Kamantes Begabung als Briefschreiber; seine

Briefe nach Dänemark drückten außer der Tatsache, daß er noch lebte, nicht viel mehr aus als seine feste Entschlossenheit, zu mir zu halten.

Im Sommer 1936 erzählte ich ihm: »Ich schreibe jetzt ein Buch über die Farm. Du kommst darin vor und Farah, und Puran Singh und Bwana Finch-Hatton, und die Hunde und Rouge. Wenn ich mit dem Buch Glück habe, komme ich vielleicht nach Afrika zurück. Also mußt Du jetzt zu Gott für mich beten.« Abdullahi schrieb zurück: »Du brauchst mir nicht zu sagen, ich soll zu Gott für Dich beten, das tue ich sowieso jeden Tag. Da du mir aber in Deinem Brief erzählst, daß Du jetzt ein Buch über die Farm schreibst und daß ich darin vorkomme, und Farah und Puran Singh und Bwana Finch-Hatton, und die Hunde und Rouge, und daß Du, wenn Du mit dem Buch Glück hast, vielleicht nach Afrika zurückkommst, so habe ich drei sehr heilige Männer angestellt, daß sie täglich für Dich beten. Wenn diese Gebete Dir nun anschlagen, schenkst Du mir dann eine Schreibmaschine?« Was die drei heiligen Männer aus der Verabredung für einen Vorteil ziehen sollten, wußte ich nicht; ich sagte mir, das hätten sie und Abdullahi untereinander abzumachen. Mein Buch »Out of Africa« erschien 1937 und hatte immerhin soviel Erfolg, daß ich mich Abdullahi gegenüber für verpflichtet hielt; ich bestellte also in London eine Markenschreibmaschine für ihn mit seinem Namen darauf. Als die Firma mich wissen ließ, sie könne für die Auslieferung keine Garantie übernehmen, weil die Maschine vom letzten Ort aus, bis zu dem es Postbeförderung gab, noch neun Tage auf Kamelrücken weiterreisen müsse, schrieb ich Abdullahi, die Sache mit dem Kamel müsse er selbst arrangieren. Das muß er wohl getan haben, denn ein Vierteljahr später bekam ich einen sauber getippten Brief von ihm.

Im Frühling 1939 bekam ich ein Reisestipendium und

entwarf Pläne, im Monat Ramadan mit den Pilgern nach Mekka zu fahren, zusammen mit Farah und Farahs Mutter. Auf der Farm hatten Farah und ich uns oft darüber unterhalten, wenn wir reich würden, wollten wir auf eine solche Pilgerfahrt gehen, und wir hatten uns ausgemalt, wie wir herrliche Araberpferde kaufen würden, um uns dann von Ibn Saud sicheres Geleit geben zu lassen und wie die Fürsten durch das glückliche Arabien zu reisen. Ich gelangte immerhin so weit, mit der arabischen Botschaft in London Kontakt aufzunehmen.

Dann aber mit dem Zweiten Weltkrieg, und mit der Besetzung Dänemarks durch die Deutschen im April 1940, war ich ganz plötzlich von allem abgeschnitten, von Arabien und von Afrika, und von der Menschlichkeit überhaupt.

Die nächsten zwei bis drei Jahre zeichnen sich durch nichts aus als durch ihre Nichtigkeit; sie wirken heute auf mich wie der Kohlensack, die berühmte sternenleere Stelle, am Firmament der Zeit. Der König hatte uns in seiner Proklamation ermahnt, wir sollten in unserer Haltung Ruhe und Würde bewahren. Es war also ein Preis ausgesetzt für Totdaliegen und eine Strafe für Lebendigsein.

Bei alledem aber strömten Eindrücke und Erinnerungen genug in den Kohlensack. Ein Kulturevangelium wird einem aufgezwungen; dem Heimatland Stand und Namen eines Protektorats aufgepreßt. Eine neue Erkenntnis, welche Bedeutung altehrwürdige Überlieferungen besitzen, wie wichtig dreitausend Jahre alte Wahrheit ist: Ehre Vater und Mutter, auf daß du lang lebst auf der Erde, die der Herr dein Gott dir gibt. Im Kohlensack begegnete mir auch unvermutet ein alter Bekannter wieder, der *Kipanda*, in Gestalt jenes Personalausweises, den jeder Einwohner des Landes, Mann wie Frau, auf Schritt und Tritt bei sich zu führen hatte. Ihm verdankte ich es, daß mir zur Gewißheit wurde, was ich bis dahin nur geahnt hatte: daß diese Umwandlung der Person ins völlig Flache, Zweidimensionale ein Ding von äußerster Stumpfsinnigkeit ist und einem wohl das Gefühl eingeben kann, vor lauter Stumpfsinn am Ende zu sterben.

Was mich betraf, so nahm ich meine Zuflucht, um mir meinen Verstand zu bewahren, zu dem Mittel, das ich zum selben Zweck in Afrika in Dürrezeiten angewandt hatte: ich schrieb einen Roman. Meinen Freunden riet ich dasselbe: Es lenkte den Geist ab von den deutschen Soldaten, die da, wo man wohnte, in ihren Gasmasken exerzierten und auf dem Grund und Boden, der einem gehörte, ihre Kasernen errichteten. Als ich die erste Seite des Buches niederzuschreiben begann, hatte ich nicht die geringste Vorstellung, was darin vorkommen sollte; es lief alles auf eigene Faust und entwickelte sich, wie unter diesen Umständen wohl kaum zu vermeiden war, zu einer düsteren Geschichte. Als aber im Sommer 1943 die Deutschen mit ihrer Verfolgung der dänischen Juden begannen und die meisten Häuser entlang der Küste des Öresunds jüdische Flüchtlinge aus Kopenhagen verborgen hielten, die auf eine Möglichkeit nach Schweden zu kommen, warteten, da erlahmte ich in meiner Arbeit. Es kam mir allmählich plump und pöbelhaft vor, durch erfundene Schrecken mit der mich umgebenden Welt in Wettstreit zu treten. Auch erhoben wir uns, als in den folgenden Monaten die dänische Widerstandsbewegung Fortschritte machte, alle langsam aus unseren falschen Gräbern, holten wieder freier Atem und schnappten nicht mehr nur elendiglich nach Luft. Das Buch, mein Lebensretter, strebte ganz von sich aus auf ein glückliches Ende zu, und da es von meinem Standpunkt aus wahrhaftig ein höchst illegitimes Kind war, erschien es unter dem Pseudonym Pierre Andrézel.

Solange diese dunklen Jahre währten, habe ich immer

viel an meine afrikanischen Diener gedacht. Ich hielt fest zu ihnen, damit sie mir bewiesen, daß es sie noch gab. Es gab sie noch; sie schritten ihrer Wege und redeten, und ich versuchte ihren Schritten zu folgen und zu hören, worüber sie sprachen. Auf ihren neuen Bauernhöfen in Dagoretti, würden sie da von der alten Zeit sprechen und einander fragen, ernst wie der Priester in der Kirche: »Glaubst du an die Gemeinschaft des Vergangenen? Glaubst du an ein vergangenes Leben?«

Damals war es, daß meine alten Gefährten in meinen nächtlichen Träumen zu erscheinen begannen und durch solchen Auftritt eine tiefe Verstörung und Beunruhigung in mir bewirkten. Bis dahin hatten ja nie Lebende ihren Weg in meine Träume gefunden. Sie kamen in Verkleidung, das ist wahr, und als dunkle, undeutliche Bilder wie in einem Spiegel, so daß ich zuweilen Kamante in Gestalt eines Zwergelefanten oder einer Fledermaus bei mir sah, Farah als wachsamen, mit leisem Fauchen durchs Haus wandernden Leoparden, und Sirunga als kleinen Schakal, heiser bellend und die eine Vorderpfote – wie es nach Angabe der Eingeborenen der Schakal in Unglückszeiten tut – hinters Ohr gelegt. Die Verkleidung aber täuschte mich nicht; ich erkannte jeden von ihnen jedes einzelne Mal, und am Morgen wußte ich, wir waren zusammengewesen zu kurzer Begegnung auf einem Waldpfad oder auch auf einer Reise. Ich konnte nun auch nicht mehr sicher sein, daß sie wirklich noch lebten, oder daß sie überhaupt je wirklich, außerhalb meiner Träume, gelebt hatten.

Die Menschen tun so viel, um ihre Zukunft zu sichern. Bei mir galten Arbeit und Mühe dem Ziel, die Vergangenheit zu sichern.

Bis dann, endlich, der Tag der Befreiung kam.

Als nun die trüben, schlüpfrigen Wasser zu weichen begannen, schaute Noah von seinem Berge Ararat rings in die vier Himmelsrichtungen nach einem Zweiglein Grün.

Das erste lebensgrüne Blatt wurde mir den ganzen weiten Weg über den Atlantik zugetragen. Ich hatte meine *Winter's Tales* 1942 vollendet, zu einer Zeit, da es ganz unmöglich war, das Manuskript aus Dänemark nach England oder Amerika hinüberzubekommen. Durch einen außerordentlichen Glückszufall und mit Hilfe einflußreicher Freunde gelang es mir, den Text mit mir nach Stockholm zu nehmen und von der dortigen britischen Botschaft in ihrem täglichen Kurierflugzeug weiterbefördern zu lassen. Meinen Verlegern in London und New York schrieb ich: »Ich kann keinen Vertrag unterschreiben und keine Korrekturen lesen. Ich lege das Schicksal meines Buchs in Ihre Hände.« Drei Jahre lang lebte ich in einem Zustand der Unkenntnis, jenem unverantwortlichen Menschen vergleichbar, der einen Pfeil in die Luft hinausschoß und irgendwo auf die Erde niedersausen ließ, ohne zu wissen wo. Nun aber, im schönen Monat Mai des Jahres 1945, erhielt ich mit einer der ersten Übersee-Postsendungen mein Buch in der Feldausgabe für die kämpfende Truppe und kurz darauf durchs Rote Kreuz eine Anzahl rührender und fröhlicher Briefe von amerikanischen Offizieren und Soldaten, die kurz vor oder nach einer Kampfhandlung in Italien oder auf den Philippinen zufällig die *Winter's Tales* gelesen hatten. Eines von meinen zwei Exemplaren schenkte ich dem König, der sich freute zu erfahren, daß aus seinem stummgewordenen Lande wenigstens eine Stimme in fernen Gegenden Gehör gefunden hatte.

Ich schickte eine Taube nach Süden aus: In einem Brief an die Herren Hunter und Co. bat ich um Auskunft über meine Diener. In der Antwort wurde mir mitgeteilt, daß

Farah gestorben sei und daß sie ohne ihn die anderen nicht erreichen könnten.

Die Nachricht von Farahs Tod vermochte ich nur schwer in mein Bewußtsein aufzunehmen und noch schwerer in mir zu bewahren. Wie konnte denn sein, daß er fortgegangen war? – er war doch immer der erste gewesen, einem Ruf zu folgen. Erst nach einiger Zeit erfaßte ich die Situation: mehr als einmal hatte ich ihn auch früher schon an einen unbekannten Ort vorausgeschickt, damit er dort für mich ein Lager aufschlug.

Was die anderen Mitglieder meines Haushalts anging, so lag es nun, da ich nicht mehr durch Farah nach ihnen sehen lassen konnte, wohl an ihnen, mich aufzufinden. Doch konnte ich wiederum nicht sicher sein, ob sie dies auch wirklich unternehmen würden. Sie hatten ja möglicherweise die Tatsache nicht erfaßt, daß mein langes Schweigen unfreiwillig war; womöglich hatten sie es als ein Zeichen meiner Unzufriedenheit ausgelegt. Ich werde stillsitzen und auf sie warten müssen, dachte ich, so wie ich bei Sonnenuntergang auf den Buschbock gewartet habe, daß er am Fuß der Berge auf die Lichtung in meinem Revier überwechselt.

Etliche Monate darauf bekam ich einen Brief aus dem Regierungsgebäude in Nairobi, mit dem Wappen von Großbritannien auf dem Umschlag. Sir Philip Mitchell, der damalige Gouverneur, teilte mir mit, er schreibe an mich auf die wiederholte Bitte seines Dieners Ali Hassan. Ali, sagte er, sei der beste Diener, den er jemals hatte, doch habe er der Herrschaft von Anfang an klargemacht, daß er sich noch immer als in meinem Dienst befindlich betrachte und daß er, sollte ich je nach Afrika zurückkehren, die Freiheit beanspruche, das Regierungsgebäude fristlos zu verlassen.

So war also wenigstens Ali wieder zum Vorschein gekommen, und zwar gleich in großer Aufmachung, mit dem Löwen und dem Einhorn an seiner Seite. Er würde auch die andern kommen heißen, und wir würden dann alle wieder versammelt sein. Ich begann sogleich einen Briefwechsel mit Ali. Aus dem Stil seiner Briefe zog ich den Schluß, daß er während aller dieser Jahre – sehr zum Unterschied von früher – in einem Hauswesen ohne finanzielle Sorgen gelebt hatte. Doch bewahrte er der Vergangenheit seine Treue, nannte unsere Pferde und Hunde bei Namen und rief mir Dinge ins Gedächtnis zurück, die ich bereits vergessen hatte. »Weißt Du noch«, schrieb er, »wie die Leute Dir einen Namen geben und Dich nennen: Sie, die als erste den neuen Mond sieht?« In seinem immer wiederholten »Die Dinge haben sich geändert« lag eine sanfte Schwermut, die ich aus den Erinnerungen anderer Afrikaner längst kannte; sie verweilen mit Vorliebe bei traurigen Gegenständen. In seinem Brief war der Klang eines einsamen, weit entfernten Horns im Walde.

Meine eigenen *faux pas* vergab er mir großmütig. »Weißt Du noch, Memsahib«, schrieb er, »wie Du uns alle einmal entlassen hast wegen dieser Hündin?« Ich erinnerte mich sehr gut daran. Ich hatte für meinen Hund Pania eine rauhhaarige schottische Jagdhündin mitgebracht und war eigens ihretwegen mitten im Winter von Antwerpen aus auf einem Frachtdampfer gereist. Als sie das erstemal läufig war, mußte ich nach Nairobi fahren und hatte sämtlichen Dienstboten eingeschärft, sie dürften sie unter keinen Umständen aus ihrer Hütte lassen. Ich kam todmüde nach Hause und legte mich zu Bett, und dort erreichte mich ein Briefchen von meinem Verwalter, es tue ihm schrecklich leid, aber man habe Heather aus dem Zwinger gelassen, und jetzt sei höchstwahrscheinlich sein Airedale-Rüde King zum Vater ihrer Jungen geworden. Mich überfiel bei dieser Nachricht eine solche Wut, daß ich aus dem Bett heraus auf die Pergola hinausmarschierte, wo mein gesamter Haushalt friedlich beisammensaß und sein Abendschwätzchen hielt. Als ich den Mund aufmachte und ihnen sagen wollte, was ich von ihnen dachte, verschlug es mir die Stimme; ich mußte ins Haus zurück, um mich zu fassen, und diese Szene wiederholte sich ein zweites Mal. Als ich endlich Worte fand, entließ ich die ganze Gesellschaft fristlos; ich hatte das Gefühl, ich könnte es nicht aushalten, auch nur eines der Gesichter noch einmal anzuschauen. Keiner von ihnen ging, und sie haben auch, glaube ich, nicht einen Augenblick daran gedacht, zu gehen; es entstand also keine Katastrophe. Was immer in meiner Abwesenheit geschehen sein mochte, Heathers Junge erwiesen sich als reinrassig und ungemein reizend.

Juma, schrieb Ali, sei jetzt ein sehr alter Mann mit Enkeln und Urenkelkindern. Er lebe auf dem Grundstück im Masaireservat, das ich ihm gesichert hatte. Sein Sohn Tumbo sei Lastwagenfahrer in Nairobi.

Saufe, Farahs Sohn, mache gute Geschäfte als Pferdehändler. Er werde sich demnächst verheiraten – da er zu der Zeit erst siebzehn Jahre alt war, deutete das auf sein wirtschaftliches Wohlergehen.

Die Nachrichten von Kamante, schrieb Ali, seien gut, dann schlecht, dann ein wenig besser, dann wieder ziemlich traurig. Er sei all die Jahre über tüchtig gewesen, »so, wie er gewesen im Haus«, und habe auf seinem Stück Land bei Dagoretti eine schöne Herde Rindvieh, Schafe und Ziegen. Aber er sei erblindet. Dies, habe ein geschickter Arzt in Nairobi erklärt, lasse sich durch eine Operation bessern. Eine Operation aber werde viel Geld kosten.

Ich fand, als ich Alis Brief weglegte, daß die Nachricht von Kamantes Erblinden mich nicht überraschte. Seine wachsamen Augen, die so scharf beobachteten, daß er mich zuweilen an jenen »Getreuen Diener« in Grimms Märchen erinnerte, der seine Augen mit einem Tuch zubinden mußte, um die von ihm angeblickten Gegenstände nicht zu zerstören, diese seine Augen hatten gleichzeitig unheimlicherweise das nach innen Gewandte, das man in den Augen der Blinden findet. Seit unserer ersten Begegnung, als ich auf der Steppe auf das sterbende Kind stieß, waren mir diese gläsernen, geduldigen, auf mich gerichteten Augen gegenwärtig, und ich sagte mir, daß ich noch einmal dafür sorgen müßte, sie hell werden zu lassen, wenn ich auch selbst ihren unbeirrbaren, aufspeichernden Blick nie wieder würde sehen können.

Ich habe später noch manche Nachricht von meinen alten Dienern erhalten, durch dritte Personen, schließlich auch von ihnen selbst.

Sir Philip Mitchell hat mich zu Anfang der fünfziger Jahre in Dänemark aufgesucht. »Ich wage einfach nicht, aus Europa zu Ali heimzukommen«, sagte er, »ohne daß ich Sie besucht habe.« Wir aßen zusammen zu Abend und hatten dabei eine kleine traurige Unterhaltung über die Veränderungen auf der Welt. Ich machte mir klar, bis zu welchem Grade mein Buch über Afrika bereits Geschichte geworden war, ein Dokument der Vergangenheit. Als ich Sir Philip die heutigen Lebensverhältnisse in Kenia schildern hörte, kam mir mein Buch so veraltet vor wie ein Papyrus-Schriftstück aus den Pyramiden.

Mein alter Freund Negley Farson erwähnt in seinem Buch *Last Chance in Africa* (1950) Ali als Sir Philips Haushofmeister und berichtet, in seinem und Sir Philips Anglerlager am Thika habe Ali seine Erklärung wiederholt, daß er Memsahib Blixens Diener sei. »Ich stieg hoch in Alis Achtung«, erzählt Mr. Farson, »als ich ihm sagte, daß ich in Dänemark mit seiner Memsahib gefrühstückt hatte. Von da an war alles richtig, was ich tat.«

Der dänische Schriftsteller John Buchholzer ist im Jahre 1955 ins Somaliland gereist, um Überlieferungen und Poesie der Somali zu sammeln, und hat über seine Erlebnisse ein Buch »Das Horn von Afrika« veröffentlicht. Ein Kapitel darin behandelt die neue nationale und religiöse Bewegung gegen die Europäer und berichtet, wie der Verfasser auf dem Marktplatz der Stadt Hargeisa von einer wütenden Volksmenge gesteinigt wird und nur dank dem Eingreifen eines zufällig vorübergehenden Somalibeamten heil davonkommt. Dieser junge Mann sucht ihn am nächsten Tag in seiner Unterkunft auf und erkundigt sich, ob er wirklich, wie behauptet wurde, Däne ist. Er stellt sich vor als Abdullahi Ahamed, vormals viele Jahre lang Diener bei einer dänischen Dame, die bei allen Somalistämmen bekannt sei. Abdullahi bringt dann in dem Buch eine lange Liste meiner ihm erwiesenen Wohltaten vor, darunter die Schreibmaschine.

Es war hübsch, an diese Stelle in dem Buch zu kommen. Hübscher noch war es, von Abdullahi selbst unter dem Eindruck seiner Begegnung mit Herrn Buchholzer einen Brief zu erhalten. Zehn Jahre lang, konstatiert Abdullahi, habe er schwer an dem Kummer getragen, nichts von mir zu hören; es bereite ihm nun große Genugtuung, daß ich einen so netten Herrn ausgesandt hätte, um den Kontakt zwischen uns wiederherzustellen. Er hat tatsächlich Farahs junge Witwe geheiratet und hat einen kleinen Sohn von ihr. Die ganze Familie ist jedoch, so teilt er mir mit, zur Zeit in tiefer Trauer wegen des Tods von Fathimas Mutter, der Großmutter des Kleinen – so daß also anscheinend die alten Frauen im Leben der Stämme immer noch dieselbe große Rolle spielen wie zu meiner Zeit. Auch in seinem Brief an mich gedenkt Abdullahi der Schreibmaschine. Sie hat ihm, schreibt er, in seiner beruflichen Laufbahn einen entscheidenden Vorteil gegenüber seinen Konkurrenten verschafft, und er verdankt es ihr, daß er nun seit drei Jahren das Amt eines Richters in Hargeisa bekleidet.

»Ich erfülle meine Amtspflichten«, beschließt er seinen Brief, »erfolgreich, in Würde und allgemeiner Beliebtheit.«

In Kopenhagen lebt ein begabter Journalist, Herr Helge Christensen, der seit seiner Knabenzeit ein begeisterter Ornithologe ist und vor vielen Jahren schon von meiner Mutter die Erlaubnis bekam, in den Wäldern von Rungstedlund das Vogelleben zu studieren. Herr Christensen gewann bei einem internationalen Wettbewerb eine Flugreise nach Nairobi und kam zu mir nach Rungstedlund heraus, um mich zu fragen, ob ich ihm Grüße an Freunde in Kenia mitgeben wollte. Ich bat ihn, wenn es möglich sei, möge er Juma und Kamante aufsuchen. Da aber Ali Hassan damals verreist war, sagte ich mir, es werde möglicherweise eine schwierige Aufgabe sein, nur dem Namen nach zwei Kikuju unter zwei Millionen herauszufinden. Herr Christensen aber hat sich an sein Versprechen gehalten und Erfolg gehabt.

Juma spürte er auf, indem er nach dem Wohnbezirk Karen hinausfuhr, der nach mir benannt ist, und sich dort im zentralen Klubgebäude, meinem ehemaligen Haus, weiter erkundigte. Hier erzählte man ihm, es käme von Zeit zu Zeit ein alter Mann namens Juma vorbei und bäte um die Erlaubnis, auf dem Gelände spazierenzugehen, »um dort an die Zeit zu denken, wie sie früher einmal war«. Er wandere dann einen Nachmittag lang auf den Wegen unter den hohen Bäumen auf und ab und verschwinde hierauf wieder. Ein Küchenjunge des Klubs glaubte zu wissen, woher der alte Mann kam; man packte ihn ins Auto und ließ sich von ihm den unwegsamen Graspfad weisen, der sich ins Masaireservat hinüberschlängelte – ein langer Fußmarsch, dachte der Reisende, für einen alten Mann, nur um über die Vergangenheit zu meditieren. Jumas Manyatta da drüben, unterhalb der blauen Berge von Ngong, ist wahrhaftig einer der schönsten Plätze auf der Welt. Er war, erzählte mir Herr Christensen, zu einer großen Ortschaft angewachsen und quoll über von jungen Leuten und Kindern, die sich um das Auto drängten. Juma ward aus seiner Hütte herbeizitiert, ein Patriarch, reich an Lebenstagen, mit schon etwas langen Zähnen und ein wenig unbestimmt in seinen Äußerungen über die gegenwärtige Zeit, aber sogleich freundlich, als er auf vergangene Tage zu sprechen kam, und zu guter Letzt seinen Frauen und der gesamten Nachkommenschaft eifrig explizierend, seine Memsahib habe ihm hier diesen guten Bwana mit Geschenken geschickt, mit Dankspenden für seine ausgezeichneten Dienste in ihrem Haus. Zwei Adler, erzählte mir Herr Christensen, die hoch über den Köpfen von Gastgeber und Besuch kreisten, wurden ihm als alte Freunde der Memsahib bezeichnet, die gewiß auch auf Nachricht von ihr erpicht seien. Juma habe einmal gehört, wie sie schrien: »Gott segne sie.« Der Schrei eines Adlers, das habe ich selbst gehört, als ich eines Tages mit Denys Finch-Hatton flog, ist freilich allem anderen ähnlich, nur keinem Segen.

Kamante ward in noch größerer Entfernung von Nairobi aufgefunden, inmitten eines wahren Irrgartens von Schambas mit Hanf, Mais und süßen Kartoffeln, und von Weideland. Ich erfuhr, daß er seinen Besucher empfing, als hätte er ihn genau für diesen Nachmittag erwartet, was auch durchaus der Fall gewesen sein kann, denn Kamante hatte stets seine Informationsquellen. Früher pflegte er meiner Intelligenz nie das geringste zuzutrauen; jetzt aber verbreitete er sich über meine Klugheit und Tüchtigkeit und wies meinen Landsmann auf die ausgedehnte Grundstücksfläche hin, die ich die Regierung von Kenia gegen tausend Widerstände und Intrigen gezwungen hätte, ihm zuzuerkennen. Wie Abdullahi und Juma nahm er unbesehen an, sein Gast sei ihm als ein persönlicher Botschafter von mir zugesandt, um seine Neuigkeiten einzuholen und sich nach seinen Wünschen zu erkundigen. Er legte es sehr darauf an, mir solche Neuigkeiten und Auskünfte zukommen zu lassen, die mich auch wirklich interessieren würden; er wog seine Worte und machte von Zeit zu Zeit eine Pause, um seine Gedanken zu sammeln. Die Augenoperation bei ihm hatte Erfolg gehabt, wenigstens soweit, daß er seine Kühe wieder sehen konnte. Er könne sie zwar nicht zählen, sagte er, was betrüblich sei; wenn man sie aber abends in ihren Boma zurückgebracht habe, könne er sie undeutlich unterscheiden, etwa so wie einen großen Haufen süßer Kartoffeln, wenn sie in einem Topf mit stark kochendem Wasser eng beieinander liegen, hin und her rollen und übereinander springen – das sei hübsch.

Herr Christensen hat über seinen Besuch bei meinen zwei alten Dienern ein Büchlein *Juma und Kamante* veröffentlicht; es enthält zwei Holzschnittporträts der Titelgestalten; dasjenige von Juma ist sehr gut.

Ganz kürzlich erst und rein zufällig habe ich, abermals in einer dänischen Zeitung, eine spätere Begegnung mit Kamante entdeckt, den ein Journalist also ebenfalls hat aufspüren und zu einem Gespräch hat stellen können. Kamante geht es gut; er käme gern nach Dänemark und nähme noch einmal Dienst bei mir; jedoch fürchtet er, daß er zu alt ist und daß er mir vielleicht lieber einen seiner Söhne schicken sollte. Etwas unsicher beim Erteilen der Auskunft – so wie ich mir unsicher bin, ob ich sie hier weitererzählen soll – berichtet Kamante dem dänischen Journalisten, daß er ein Jahr im Gefängnis war, weil er den Mau-Mau-Eid geschworen hat. Ich wußte nichts von diesem Umstand, und er hat mich nachdenklich gestimmt. Hat der abgrundtiefe, unbeirrbare Skeptiker hier doch endlich eine Sache gefunden, an die zu glauben ihm möglich war? Ist dem ewigen Einsiedler, dem bösartigen Leittier der Wildherde, das sich aus eigener Wahl zum vereinsamten Einzelgänger gemacht hat, endlich doch, durch eine dunkle, unmenschliche Eidesformel, auf seine Art das Erlebnis menschlicher Kameradschaft zuteilgeworden? Um das Unbehagliche der Situation zu lösen, zieht Kamante dann einen Brief von mir aus der Tasche und zeigt ihn meinem Landsmann. »Schau«, sagt er, »Msabu schreibt an mich: Mein guter und getreuer Diener Kamante.« Als er den Brief wieder zusammenfaltet und in die Tasche steckt, fügt er hinzu: »Und das bin ich auch.«

Über einen weiteren früheren Bewohner der Farm habe ich Nachricht bekommen: über den alten Knudsen, den blinden Dänen, der eine Zeitlang ein Häuschen dort bewohnte, gleichsam durchsäuert und verbittert von den Erfahrungen eines tragischen Lebens, aber voller flammender großartiger Phantasievorstellungen zum Ausgleich für den Verlust seiner Sehkraft; ein grauer, gebeugter und doch unbezähmbarer Optimist.

Im März 1960 bekam ich den Brief einer amerikanischen Dame von der Universität von Maryland. Sie hatte vierzehn Tage zuvor mit einem dänischen Geschäftsmann gegessen, der eben von einer beruflichen Reise nach Ostafrika zurückkam; sie hatten sich über mich und mein Buch *Out of Africa* unterhalten, und er habe ihr erzählt, auf dem dänischen Konsulat in Tanganjika sei ihm eine

Auskunft gegeben worden, auf die er mich aufmerksam machen wolle. Als er wenige Tage darauf in seinem Hotel in Washington starb, entschloß sich Mrs. Stevenson, mir selbst diese Auskunft weiterzugeben. »Was er vom dänischen Konsul erfahren hatte«, schrieb sie, »und was er Sie, glaube ich, wissen lassen wollte, war die Nachricht, daß der Plan des alten Knudsen, auf dem Grund des Naivascha-Sees Phosphat zu gewinnen, keine Irrsinnsidee gewesen ist. Man hat eine Entdeckung gemacht, die seine Theorie bestätigt. Näheres habe ich nicht erfahren, ich meine aber, Sie sollten Bescheid wissen.«

So darf ich also mit tiefer Befriedigung den alten Knudsen gerechtfertigt vor mir sehen; er kann eine Weile seine Harfe droben im Himmel beiseite legen und dafür nach altem Fischer- und Seemannsgerät greifen und ein Triumphgelächter anstimmen über die, die des alten Knudsen Feinde waren.

Gegenwärtig höre ich in Abständen von einem Monat, manchmal auch von einem halben Jahr, regelmäßig von meinen alten Dienern in Afrika.

So sind sie also aus ihren Schlupfwinkeln im Walde ins abendliche Sonnenlicht getreten, haben zwar immer noch ihre vorsichtige Art sich zu bewegen, schauen aber mit mehr Zuversicht um sich als damals bei ihrem ersten Sichtbarwerden, als sie noch unruhig ihre Köpfe bewegten und drehten. Es ist eitel Freude, euch so zu sehen, ihr Freunde und Kameraden; ich wünsche, ihr möchtet weiter so wandern und um euch schauen da oben in der Höhe, in der freien Luft, in der seltsamen Freiheit eurer Herzen, noch lange lange Zeit. Ihr habt mir in vielen Jahren Gesellschaft geleistet, ich werde euer tatsächliches Vorhandensein nicht noch einmal leichtfertig in Zweifel ziehen, ich überlasse euch von nun an die reiche Welt der Wirklichkeit. Und mich mögt ihr meinen Träumen überantworten, die werden sich meiner annehmen.

Juma ist gestorben. Aber ich habe neue Nachricht von Ali und Kamante.

Ali schreibt jetzt gut Englisch. Er hat meine Photographie in der Zeitung gesehen. »Wirklich und wahrhaftig es erfreut mein Herz aber gar sehr, Dein Photo zu sehen. Wirklich und wahrhaftig es erfüllt mein Herz aber gar ganz mit Freude, wenn ich Deinen Namen sprechen höre. Oder wenn ich Deinen Namen spreche.«

Indem ich seine Schrift und seine gute Grammatik bewundere, lasse ich mir manchmal das kleine schiefe Lächeln wieder einfallen, das Berkeley aufzusetzen pflegte, wenn er in Gedanken den Wildenten folgte, wie sie ihre Flugbahn an den glasklaren Himmel zeichneten. Und ich frage mich, ob wieder einmal eine von ihnen, fasziniert von den Lockvögeln und Lockspeisen unten, an dieser Stelle ihren Flug verlangsamt und schließlich absackt wie eine vom himmlischen Schützen nach rückwärts abgeschossene Pfeilspitze ins Wasser des Entenpfuhls, um dort ehrbar zu werden.

Kamante freilich, durch dreifache Sprachschicht hindurch und in einem vielfach gefalteten Briefchen, bewahrt auch jetzt noch seine Eigenart. Sein letzter Brief vor einem Monat endet so:

»Ich gewißlich überzeugt wenn ich für Dich beten zum allmächtigen Gott, er wird bestens alles besorgen. Also ich beten, daß Gott wird gut zu Dir sein jetzt und immer.«

Kurzbibliographie

Dänische Ausgabe:

Skygger paa Græsset, Gyldendal 1960, 141 Seiten, Abbildungen dreier Gemälde der Autorin.

Englische Ausgabe:

Shadows on the Grass, by Isak Dinesen, London, Michael Joseph 1960, 106 Seiten, Abbildungen wie bei der dänischen Ausgabe.

Deutsche Ausgabe:

Schatten wandern übers Gras, von Tania Blixen, Frankfurt am Main, Fischer 1961, 142 Seiten, Abbildungen wie bei der dänischen Ausgabe. Aus dem Englischen übersetzt von W. E. Süskind.

Weitere deutsche Ausgaben von Einzelgeschichten:

Farah. Aus dem Dänischen übersetzt von Sophie Rügow. In: Hochland, München, Oktober 1957, Seite 55–65.

Barua a Soldani. Aus dem Englischen übersetzt von W. E. Süskind. Reader's Digest Auswahlbücher, Stuttgart, Das Beste, 1966, Seite 396–415.

Inhalt